# KONING VAN DE DIAMANTEN

EEN DONKERE MAFFIA ROMANCE

RENEE ROSE

Vertaald door
TINNE DAMEN

RENEE ROSE ROMANCE

**Auteursrecht © 2018 King of Diamonds en 2022 Koning van de Diamenten door Renee Rose**

Alle rechten voorbehouden. Dit exemplaar is ALLEEN bestemd voor de oorspronkelijke koper van dit boek. Geen enkel deel van dit boek mag gereproduceerd, gescand of gedistribueerd worden in gedrukte of elektronische vorm zonder voorafgaande schriftelijke toestemming van de auteur. Gelieve niet deel te nemen aan of aan te moedigen tot piraterij van auteursrechtelijk beschermd materiaal in strijd met de rechten van de auteur. Koop alleen officiële edities.

Gepubliceerd in de Verenigde Staten van Amerika

Renee Rose Romance

Dit boek is een fictief werk. Hoewel er verwezen kan worden naar werkelijke historische gebeurtenissen of bestaande locaties, zijn de namen, personages, plaatsen en incidenten ofwel het product van de fantasie van de auteur of fictief gebruikt, en iedere gelijkenis met werkelijke personen, levend of dood, bedrijfsvestigingen, gebeurtenissen of locaties berust op louter toeval.

Dit boek bevat beschrijvingen van vele BDSM- en seksuele praktijken, maar dit is een fictief werk en dient als zodanig op geen enkele wijze als leidraad te worden gebruikt. De auteur en uitgever zijn niet verantwoordelijk voor enig verlies, schade, letsel of dood als gevolg van het gebruik van de informatie die erin staat. Met andere woorden, probeer dit niet thuis, mensen!

—

Wil je meer?

Lees Nu

❀ Created with Vellum

WIL JE GRATIS BOEKEN?

**Ga naar https://www.subscribepage.com/reneerose_nl** om je in te schrijven voor Renee Rose's nieuwsbrief en ontvang gratis boeken. Naast de gratis verhalen, krijg je ook speciale prijzen, exclusieve previews en nieuws over nieuwe uitgaves.

# 1

*Sondra*

Ik trek de zoom van mijn ééndelige schoonmaakuniformjurk met rits naar beneden. Het Pepto Bismol roze jurkje komt tot aan mijn bovenbenen en past me als gegoten, omsluit mijn rondingen en laat mijn decolleté mooi uitkomen. Het is duidelijk dat de eigenaars van het Bellissimo Hotel en Casino willen dat hun schoonmaaksters er even sexy uitzien als hun cocktailmeisjes.

Ik vond het prima. Ik draag plateauhakken, comfortabel genoeg om kamers mee schoon te kunnen maken, maar tegelijkertijd sexy genoeg om de spieren in mijn benen te laten zien, en ik heb mijn blonde haar dat tot op mijn schouders komt in twee fluffy vlechtjes gedaan.

We zijn in Vegas, toch?

Mijn feministische vriendinnen van school zouden hier een woedeaanval van krijgen.

Ik duwde het niet zo kleine schoonmaakkarretje door de gang van het grote hotelgedeelte van het casino. Ik heb de hele ochtend de rotzooi van de mensen opgeruimd. En ik kan je vertellen, er is veel rotzooi in Vegas. Drugsmateriaal. Sperma. Condooms. Bloed. En dit is een dure, chique plek. Ik werk hier pas twee weken en ik heb dat en nog veel meer zien passeren.

Ik werk snel. Sommige schoonmaaksters raden aan om de tijd te nemen zodat je niet overwerkt raakt, maar ik hoop nog steeds indruk te maken op iemand van Bellissimo zodat ze me een betere baan geven. Vandaar dat ik me kleed als de casinoversie van een Franse schoonmaakster.

Mezelf opmaken werd waarschijnlijk ingegeven door wat mijn nicht Corey de Stem van het Kwaad noemt. Ik heb het tegenovergestelde van een zesde zintuig of een stem van de rede, vooral wanneer het gaat om de mannelijke helft van de bevolking.

Waarom zou ik anders blut zijn en op de terugweg van een bedrieger die ik in Reno achterliet? Ik ben een slimme vrouw. Ik heb een masterdiploma. Ik had een goede baan als adjunct-docent en een mooie toekomst.

Maar toen ik besefte dat al mijn vermoedens over Tanner die me bedroog juist waren, heb ik de Subaru die ik met hem deelde klaargemaakt en ben ik naar Vegas vertrokken om bij Corey te logeren, die me hier een baantje als kaartdealer beloofde.

Maar er zijn geen banen als dealer beschikbaar op dit moment, alleen voor schoonmaakhulp. Dus nu sta ik onderaan de ladder, blut, alleenstaand en zonder auto omdat mijn auto het opgaf op de dag dat ik hier aankwam.

Niet dat ik van plan ben om hier lang te blijven. Ik bekijk gewoon mijn opties in Vegas. Als het me bevalt, ga ik solliciteren voor een baantje als adjunct-docent. Ik heb zelfs overwogen om plaatsvervangend les te geven op een middelbare school, van zodra ik de middelen heb om rond te komen.

Maar als ik een baan als dealer kan krijgen, dan neem ik die, want dan verdien ik drie keer zoveel als in het openbare schoolsysteem. Wat een tragedie is die we op een andere dag kunnen bespreken.

Ik ga terug naar de voorraadkamer die ook dienst doet als kantoor van mijn baas en laad mijn karretje vol in het huishoudkot, waar ik de handdoeken en zeepdoosjes netjes op een rij zet.

"In hemelsnaam." Marissa, mijn supervisor, stopt haar telefoon in de zak van haar schoonmaakjurk. Ze is een pittige tweeënveertigjarige en past haar jurk op alle juiste plaatsen wat aan, zodat deze eruitziet als een jurk die ze zelf heeft gekozen, in plaats van een uniform. "Ik heb vier zieken vandaag. Nu moet ik zelf de suites van de bazen gaan doen," jammert ze.

Ik schrik op. Ik weet het, dat is de Stem van het Kwaad. Ik heb een verschrikkelijke fascinatie voor alles wat met maffia te maken heeft. Ik heb iedere aflevering van The Sopranos gezien en heb het script van The Godfather uit mijn hoofd geleerd.

"Je bedoelt de kamers van de Tacones? Die doe ik wel." Het is stom, maar ik wil een glimp van ze opvangen. Hoe zien echte maffiamannen eruit? Al Pacino? James Gandolfini? Of zijn het gewone kerels? Misschien ben ik ze al voorbijgelopen terwijl ik mijn karretje rondduwde.

"Ik zou het wel willen, maar dat kan niet. Het is een speciaal veiligheidsding. En geloof me, dat wil je niet meemaken. Ze zijn super achterdochtig en kieskeurig als de pest. Als je op het verkeerde moment naar de verkeerde plaats kijkt, ben je er geweest. Ze willen daar zeker geen nieuwe zien. Ik zou er waarschijnlijk mijn baan door verliezen, dat is gewoon een feit."

Ik zou bang moeten zijn, maar dit nieuws versterkt alleen maar de geheimzinnigheid die ik over deze mannen heb gecreëerd in mijn hoofd. "Nou, ik ben bereid en beschikbaar, als je wil dat ik dat doe. Ik ben al klaar met mijn gang. Of ik kan met je meegaan om je te helpen? Om het sneller te laten gaan?"

Ik zie mijn voorstel door haar bezwaren heen dringen. Interesse flitst over haar gezicht, gevolgd door nog meer verwarring.

Ik toon een hoopvolle, behulpzame blik.

"Nou, misschien kan dat wel... Ik hou je tenslotte toch in de gaten."

Ja! Ik sterf van nieuwsgierigheid om de maffiabazen van dichtbij te zien. Dwaas, ik weet het, maar ik kan het niet weerstaan. Ik wil Corey een sms sturen om haar het nieuws te vertellen, maar daar is geen tijd voor. Corey weet alles over mijn fascinatie, aangezien ik haar al naar informatie heb gevraagd.

Marissa laadt nog een paar dingen op mijn karretje en samen gaan we naar de speciale liften - de enige die helemaal naar de top van het gebouw gaan en waar je een sleutelkaart voor nodig hebt.

"Dus, deze kerels zijn echt gevoelig. Meestal zijn ze niet in hun kamer en dan hoef je alleen maar uit de buurt van hun bureaus te blijven," legt Marissa uit zodra we de laatste gewone verdieping verlaten hebben en we alleen nog maar met z'n tweeën in de lift staan. "Maak geen lades open - doe niets waardoor je nieuwsgierig lijkt. Ik meen het - Deze kerels zijn eng."

De deuren schuiven open en ik duw het karretje naar buiten terwijl ik haar om de bocht volg naar de eerste deur. Het geluid van luide mannenstemmen komt uit de kamer.

Marissa huivert. "Altijd kloppen," fluistert ze, voor ze haar hand opheft om op de deur te slaan.

Ze horen haar duidelijk niet, want het harde praten gaat gewoon door.

Ze klopt opnieuw en het gepraat stopt.

"Ja?" roept een diepe mannenstem.

"Schoonmaakdienst."

We wachten terwijl de stilte haar oproep begroet. Na een ogenblik zwaait de deur open om een man van middelbare leeftijd met licht grijzend haar te onthullen. "Ja, we gingen net weg." Hij trekt een kostuumjasje aan dat wel duizend dollar moet kosten. Zijn buik is wat dikker, maar verder ziet hij er erg goed uit. Achter hem staan drie andere mannen, allemaal gekleed in even mooie pakken, geen van hen heeft een kostuumjas aan.

Ze negeren ons terwijl ze langslopen en zetten hun gesprek in de gang verder. "Dus ik vertel hem..." De deur valt achter hen dicht.

"Pfff," ademt Marissa. "Het is veel makkelijker als ze er niet zijn." Ze kijkt omhoog naar de hoeken van de kamers. "Natuurlijk hangen er overal camera's, dus het is niet zo dat we niet in de gaten worden gehouden." Ze wijst op een klein rood lampje dat oplicht bij een klein apparaatje dat aan de overgang van de muur en het plafond is bevestigd. Ik heb deze al overal in het casino gezien. "Maar het is minder zenuwslopend als we niet op onze tenen om ze heen moeten lopen."

Ze draait haar hoofd in de richting van de hal. "Jij doet de badkamer en de slaapkamers, ik doe de keuken, het kantoor en de woonkamer."

"Oké. " Ik pak de spullen die ik nodig heb van de kar en ga in de richting die ze aangaf.

De slaapkamer is goed ingericht op een eenvoudige manier. Ik trek de lakens en bedsprei omhoog om het bed op te maken. De lakens hebben waarschijnlijk 3000 draadtelling, als er zoiets bestaat. Dat is misschien overdreven, maar ze zijn echt geweldig.

Gewoon voor de kick, wrijf ik er eentje tegen mijn wang.

Het is zo glad en zacht. Ik kan me niet voorstellen hoe het zou zijn om in dat bed te liggen. Ik vraag me af wie van de mannen hier geslapen heeft. Ik maak het bed op met ziekenhuishoeken, zoals Marissa me geleerd heeft, doe het stof af en stofzuig, ga dan door naar de tweede slaapkamer en daarna naar de badkamer. Als ik klaar ben, zie ik Marissa in de woonkamer stofzuigen.

Ze zet de stofzuiger uit en rolt het snoer op. "Helemaal klaar? Ik ook. Op naar de volgende."

Ik duw het karretje naar buiten en zij klopt op de deur van de suite wat verder in de gang. Geen antwoord.

Ze opent de deur. "Het gaat veel sneller als jij me helpt," zegt ze dankbaar.

Ik glimlach naar haar. "Ik denk ook dat het leuker is om als team te werken."

Ze glimlacht terug. "Ja, op de een of andere manier denk ik dat ze er niet voor zouden gaan, maar het is wel eens leuk."

"Dezelfde routine?"

"Tenzij je wilt ruilen? Hier is maar één slaapkamer."

"Nah," zeg ik, "Ik hou van bed/bad." Dat komt natuurlijk door mijn alles overheersende nieuwsgierigheid. Er zijn meer persoonlijke bezittingen in een slaapkamer en een badkamer, niet dat ik iets interessants zag in de vorige kamer. Ik ben niet gaan rondneuzen, natuurlijk. De camera's in alle hoeken maken me nerveus.

Deze plek is hetzelfde als de vorige, alsof ze een ontwerper hebben betaald om alle kamers identiek in te richten. Veel luxe, maar niet veel persoonlijkheid. Nou, van wat ik begrijp, de Tacone familie - althans degenen die de Bellissim beheren - zijn allemaal alleenstaande mannen. Wat had ik dan verwacht?

Ik maak het bed op en ga verder met afstoffen.

Vanuit de woonkamer hoor ik Marissa's stem.

"Wat?" roep ik, maar dan besef ik dat ze aan het telefoneren is.

Enkele ogenblikken later komt ze binnen, buiten adem. "Ik moet gaan." Haar gezicht is helemaal wit geworden. "Mijn kind is naar de spoeddienst gebracht met een hersenschudding."

"Oh shit. Ga - ik regel dit wel. Wil je me de sleutelkaart geven voor de laatste suite?" Er zijn drie suites op deze bovenste verdieping.

Ze kijkt verward om zich heen. "Nee, dat kan ik beter niet doen. Kun je deze kamer afwerken en weer naar beneden gaan? Ik bel Samuel om hem te laten weten wat er gebeurd is." Samuel is onze baas, het hoofd van de schoonmaak. "Vergeet niet om uit de buurt van het bureau in het kantoor te blijven."

"Natuurlijk. Maak dat je wegkomt." Ik maak een wegsturende beweging. "Ga naar je kind."

"Oké." Ze haalt haar tas uit het karretje en hangt deze over haar schouder. "Ik zie je morgen."

"Ik hoop dat het goed met hem gaat," zeg ik tegen haar terwijl ze weggaat.

Ze laat een zwakke glimlach over haar schouder gaan. "Dank je. Dag."

Ik pak de stofzuiger en ga terug naar de slaapkamer. Wanneer ik klaar ben, hoor ik mannenstemmen in de woonkamer.

"Ik hoop dat je wat kunt slapen, Nico. Hoe lang is het geleden?" vraagt één van de stemmen.

"Achtenveertig uur. Verdomde slapeloosheid."

"Succes, tot straks." Een deur klikt dicht.

Mijn hart klopt meteen een beetje sneller van opwinding of zenuwen. Ja, ik ben een idioot. Later zou ik beseffen dat ik fout zat door me niet meteen voor te stellen, maar Marissa maakt me nerveus over de Tacones en ik bevries. Het karretje staat wel duidelijk in het zicht in de woonkamer. Ik besluit om naar de badkamer te gaan en alles schoon te maken wat ik kan, zonder nieuwe spullen te halen. Uiteindelijk geef ik het op en met opgeheven schouders ga ik naar buiten.

Ik kom in de woonkamer en haal drie opgevouwen handdoekjes, vier badhanddoeken en vier washandjes uit de kar. Vanuit mijn ooghoeken zie ik de brede schouders en de rug van een andere keurig geklede man.

Hij werpt een blik op me en kijkt me aan. Zijn donkere ogen gaan over me heen, blijven even hangen bij mijn benen, gaan omhoog naar mijn borsten en dan naar mijn gezicht. "Wie de fuck ben jij?"

Ik had die reactie kunnen verwachten, maar ik schrik er toch van. Hij klinkt eng. Echt eng, en hij loopt naar me toe alsof hij het meent. Hij is mooi, met donker golvend haar, een vierkante kaak met stoppels en ogen met dikke wimpers die dwars door me heen boren.

"Hé? Wie. De fuck. Ben jij?"

Ik panikeer. In plaats van te antwoorden, draai ik me snel om en loop naar de badkamer, alsof schone handdoeken in zijn badkamer alles zullen oplossen.

Hij loopt me achterna en volgt me naar binnen. "Wat doe jij hier?" Hij slaat de handdoeken uit mijn handen.

Verbijsterd staar ik ernaar, ze liggen verspreid over de vloer. "Ik...doe de schoonmaak," zeg ik zwakjes. Vervloek mijn dwaze fascinatie voor de maffia. Dit zijn niet de freaking Sopranos. Dit is een echte, gevaarlijke man met een pistool in een holster onder zijn arm. Ik weet het, want ik zie het wanneer hij naar me reikt.

Hij grijpt naar mijn bovenarmen. "Onzin. Niemand

die eruitziet als" - zijn ogen gaan langs de lengte van mijn lichaam - "jij - werkt als schoonmaakster."

Ik knipper met mijn ogen, omdat ik niet zeker weet wat dat betekent. Ik ben mooi, dat weet ik, maar er is niets speciaals aan mij. Ik ben de girl-next-door met blauwe ogen en blond haar, een beetje aan de kleine kant en ook niet echt mager. Niet zoals mijn nicht Corey, die lang, slank, roodharig en beeldschoon is, met het zelfvertrouwen dat daarbij past.

Er is iets oneerbiedigs in de manier waarop hij naar me kijkt, waardoor het lijkt alsof ik daar sta met tepelkwastjes en een G-string in plaats van in mijn korte, nauwsluitende dienstjurk. Ik hou me van de domme. "Ik ben nieuw. Ik werk hier nog maar een paar weken."

Hij heeft donkere kringen onder zijn ogen en ik herinner me wat hij tegen die andere man vertelde. Hij lijdt aan slapeloosheid. Hij heeft al achtenveertig uur niet geslapen.

"Luister je de boel af?" eist hij.

"Wat -" Ik kan niet eens antwoorden. Ik staar gewoon voor me uit als een idioot.

Hij begint me te fouilleren op een wapen. "Is dit een valstrik? Wat denken ze - dat ik je ga neuken? Wie heeft je gestuurd?"

Ik probeer te antwoorden, maar zijn warme handen die over me heen glijden doen me vergeten wat ik wilde zeggen. Waarom heeft hij het over mij neuken?

Hij staat op en schudt me een beetje door elkaar. "Wie. Heeft jou. Gestuurd?" Zijn donkere ogen betoveren me. Hij ruikt naar het casino - of naar whisky en geld, en daaronder, zijn eigen smeulende essentie.

"Niemand... Ik bedoel, Marissa!" Ik roep haar naam uit als een geheim wachtwoord, maar het lijkt hem alleen maar meer te irriteren.

Hij steekt zijn hand uit en strijkt snel met zijn vingers langs de kraag van mijn dienstjurk, alsof hij een verborgen afluisterapparaat zoekt. Ik ben er vrij zeker van dat de man niet goed bij zijn hoofd is, misschien ijlt hij door het slaaptekort. Misschien is hij gewoon gek. Ik bevries, ik wil hem niet laten schrikken.

Tot mijn verbazing trekt hij de rits van mijn jurk naar beneden, helemaal tot aan mijn middel.

Als ik mijn nicht Corey was, dochter van een gemene FBI-agent, zou ik hem een knie in z'n ballen geven, pistool of niet. Maar ik ben opgevoed om niet op te vallen. Om een braaf meisje te zijn en te doen wat de autoriteiten me opdragen.

Dus, als een verdomde idioot, sta ik daar gewoon. Een klein gilletje verlaat mijn lippen, maar ik durf niet te bewegen, protesteer niet. Hij rukt de nauwsluitende jurk naar mijn middel en trekt hem over mijn heupen naar beneden.

Ik trek mijn armen los van de stof en sla ze om me heen.

Nico Tacone schuift me opzij om de jurk onder mijn voeten vandaan te halen. Hij pakt hem op en gaat er met zijn handen overheen, nog steeds op zoek naar de denkbeeldige afluisterapparatuur, terwijl ik sta te rillen in mijn bh en slipje.

Ik vouw mijn armen over mijn borsten. "Luister, ik draag geen afluisterapparatuur en ik luister de boel niet af," zeg ik. "Ik hielp Marissa en toen kreeg ze een telefoontje -"

"Laat het," blaft hij. "Je bent te perfect. Wat is de valstrik? Wat doe je hier in godsnaam?"

Ik ben verbijsterd. Moet ik de waarheid blijven beweren als het hem alleen maar kwaad maakt? Ik slik. Geen van de woorden in mijn hoofd lijken gepast om nu te zeggen.

Hij grijpt naar mijn beha.

Ik sla naar zijn handen, mijn hart pompt alsof ik net twee sportlessen heb gedaan. Hij negeert mijn zwakke weerstand. De beha is met een haakje aan de voorkant en hij is duidelijk de beste in het uittrekken van vrouwenlingerie, want mijn beha is sneller uit dan de jurk. Mijn borsten komen met een sprong tevoorschijn en hij kijkt ernaar, alsof ik ze alleen maar toon om hem te verleiden. Hij bekijkt de beha, gooit hem dan op de grond en staart me aan. Zijn blik gaat nog een keer naar mijn borsten en zijn gezicht ziet er nog kwader uit. "Echte tieten," mompelt hij, alsof dat een strafbaar feit is.

Ik probeer een stap naar achteren te zetten maar bots tegen het toilet. "Ik verberg helemaal niets. Ik ben maar een schoonmaakster. Ik ben twee weken geleden aangenomen. Je kunt Samuel bellen."

Hij stapt wat dichterbij. Helaas maakt de harde dreiging op zijn knappe gezicht zijn aantrekkingskracht op mij alleen maar groter. Ik reageer echt fout. Mijn lichaam trilt door zijn aanwezigheid, mijn poesje wordt vochtig. Of misschien is het omdat hij me net bijna helemaal heeft uitgekleed terwijl hij daar volledig aangekleed staat. Ik denk dat dit een obsessie is voor sommige mensen. Blijkbaar, ben ik één van hen. Als ik niet zo bang was, zou het supergeil zijn.

Hij streelt mijn achterste, warme vingers glijden over de satijnachtige stof van mijn slipje, maar hij betast me niet, hij is nog steeds efficiënt aan het werk, op zoek naar afluisterapparatuur. Hij laat een duim onder het kruisje glijden en haalt de stof door zijn vingers. Mijn buik gaat trillen.

Oh God. De achterkant van zijn duim streelt langs mijn vochtige gleuf. Ik krimp ineen van schaamte. Zijn hoofd gaat omhoog en hij kijkt me verbaasd aan, zijn neusgaten wijd open.

Dan gaan zijn wenkbrauwen omlaag alsof het hem kwaad maakt dat ik opgewonden ben, alsof het een truc is.

Op dat moment gaat het echt mis.

Hij haalt zijn pistool tevoorschijn en richt het op mijn hoofd - hij duwt de koude, harde loop recht tegen mijn voorhoofd. "Wat. De fuck. Doe jij hier?"

Ik plas over mezelf.

Letterlijk.

God sta me bij.

Ik bevries en de urine druppelt langs de binnenkant van mijn dijen voordat ik het kan stoppen. Mijn gezicht brandt van vernedering.

Nu komt de woede en verontwaardiging die ik eigenlijk al had moeten hebben vanaf het begin naar boven. Het is niet het moment om te gaan praten, ik staar hem gewoon aan. "Wat is er mis met jou?"

Hij staart naar de druppels op de vloer. Ik denk dat hij... Nou, ik weet niet wat ik denk dat hij gaat doen - me met het pistool slaan of grijnzen of zoiets - maar zijn gezicht ontspant en hij schuift het pistool weer in de holster. Blijkbaar heb ik eindelijk juist gereageerd.

Hij grijpt mijn arm vast en sleurt me mee naar de douche. Mijn hersenen gaan heen en weer, en proberen weer normaal te werken. Om uit te zoeken wat er in hemelsnaam aan de hand is en hoe ik mezelf uit deze heel gekke, gestoorde situatie kan halen.

Tacone reikt naar binnen en zet het water aan terwijl hij zijn hand onder de straal houdt, alsof hij de temperatuur wil controleren.

Mijn hersenen werken nog niet helemaal, maar ik wring aan zijn greep op mijn arm.

Hij laat hem los en houdt zijn handpalm naar voren.

"Oké," zegt hij. "Ga erin." Hij trekt zijn hand uit de douche en beweegt zijn hoofd in de richting van de straal. "Schoonmaken."

Gaat hij met me mee in de douchte? Of gaat dit echt alleen om schoonmaken?

Verdomme. Ik ben een puinhoop. Ik stap naar binnen met slipje en al.

Ik weet niet hoe lang ik daar heb gestaan, verdronken in een shock. Na een tijdje knipper ik met mijn ogen en mijn besef sijpelt weer binnen. Dan flip ik. Wat gebeurt er in hemelsnaam? Wat gaat hij met me doen? Heb ik net echt op zijn vloer geplast? Ik wil doodgaan van schaamte.

Hou je rustig, Sondra.

Jezus Christus. De maffiabaas die aan de andere kant van het douchegordijn staat, denkt dat ik een narcist ben. Of een spion of een rat - hoe ze het ook noemen. En hij heeft me net uitgekleed tot op mijn slipje en richtte een pistool op mijn hoofd. Vanaf nu kan het alleen nog maar erger worden. Ik voel een snik in mijn keel.

Niet huilen. Dit is niet het moment om te huilen.

Ik stap naar achter, tegen de tegelmuur, mijn benen zijn te elastisch om rechtop te blijven staan. Warme tranen stromen over mijn wangen en ik snik.

Het douchegordijn piept vlak bij mijn gezicht open en ik deins achteruit. Ik wist niet dat hij er vlak achter stond.

*Nico*

Minchia. Shit.

De rest van mijn twijfels over het meisje verdampen op het moment dat ik haar hoor huilen. Als ik een fout heb gemaakt, dan is het wel een hele grote. Want ik wil echt niet aan het hoofd van personeelszaken moeten uitleggen waarom ik één van onze werknemers heb uitgekleed en een pistool tegen haar hoofd heb gehouden. In mijn badkamer.

Ik ben deze keer echt door het lint gegaan. De slapeloosheid werkt op mijn zenuwen en maakt me paranoïde en prikkelbaar. Ik moet mijn kleine broertje Stefano hierheen halen om me te helpen met het runnen van de zaak, zodat ik tenminste een uur per nacht kan slapen. Hij is de enige die ik vertrouw.

"Hé." Ik maak mijn stem wat zachter. Het meisje staat onder de waterstraal, haar Harley Quinn vlechtjes en het lichtblauwe satijnen slipje dat ze nog steeds aanheeft zijn helemaal doorweekt.

Verdomme, ik zou het van haar af wil rukken om te zien wat daaronder zit.

Ik ben er vrij zeker van dat ze in shock is en wie kan het haar kwalijk nemen? Op mijn beste dagen maak ik mijn werknemers doodsbang en dat is zonder hun kleren uit te rukken en met een wapen te zwaaien.

Haar borst schokt als ze een stille snik laat ontsnappen en het raakt me, net zoals haar snotteren deed. Op de een of andere manier denk ik niet dat undercoveragenten of wat voor professionals dan ook op mijn vloer zouden plassen en in mijn douche zouden huilen. Dus ja. Ik heb het hier echt verpest.

Ik reik langs haar heen en zet het water uit, waarbij ik de hele arm van mijn kostuumvest nat maak. "Hé, niet huilen."

Een beter persoon zou zich verontschuldigen, maar tot ik honderd procent zeker ben dat er hier niets mis is, hou ik het in. Ik ruk het douchegordijn open en trek haar naar buiten zodat ze op de badmat kan gaan staan terwijl ik één van de handdoeken van de vloer om haar heen wikkel. Omdat ze nog steeds in shock lijkt te zijn, haak ik mijn duimen in de tailleband van haar natte slipje en trek het langs haar trillende benen naar beneden. Ik ben vast niet zo radeloos als ik denk, want ik slaag er op de een of andere manier in om niet te kijken naar wat ze eronder bewaart wanneer ik me op mijn hurken laat zakken en haar enkel vastpak om haar uit het druipende kledingstuk te helpen stappen.

Ik gooi het in de vuilnisbak. Ik had net al een handdoek over de plek gegooid waar ze geplast had en haar ogen gaan daar nu heen.

Ik weet dat ze zich compleet vernederd moet voelen, maar ze is niet de eerste die ik in haar broek heb laten plassen. Ik denk wel dat zij de eerste vrouw is. De enige waarbij het me spijt dat ik haar bang heb gemaakt.

Ze probeert haar huilen te onderdrukken, maar dat verandert natuurlijk alleen maar in snikken en naar adem snakken. Nu voel ik me echt een eersteklas klootzak.

"Aw, bambina." Ik pak de twee hoeken van de handdoek vast en trek haar tegen me aan. Haar natte huid maakt mijn pak vochtig, maar het enige waar ik aan kan denken is hoe zacht haar weelderige, naakte vorm tegen mijn lichaam aanleunt. De vermoeidheid in mijn ledematen trekt weg, weggevaagd door de vlammen van gloeiend verlangen. "Shh. Je bent oké."

Ze beeft tegen me aan, maar haar snikken worden zachter.

"Heb ik je pijn gedaan?"

Ze schudt haar hoofd, haar natte vlechtjes laten een druppel water op mijn wang spatten. Haar blik volgt het water. Een los stukje haar aan de voorkant valt voor haar ogen.

Ik houd de handdoek met één hand vast en gebruik de

andere hand om het haar uit haar gezicht te strijken. "Je bent oké," herhaal ik.

Ze kijkt me aan en knippert met haar blauwe ogen en lange wimpers. Ik vind het heerlijk om haar zo dichtbij me te houden, zodat ik haar beter kan bekijken. Ze is net zo mooi als ik aanvankelijk dacht, met een porseleinen huid en hoge jukbeenderen. Het is niet alleen haar schoonheid die haar zo speciaal maakt. Er is nog iets waardoor ze hier niet op haar plaats lijkt. Een fris gezicht van onschuld. Maar ze ziet er niet overdreven naïef of jong uit. Ze is ook niet dom. Ik kan niet precies zeggen wat het is.

Ik laat haar nog niet los. Ik wil het niet. De warmte van haar lichaam dringt door mijn vochtige kleren en overspoelt mijn geest met de vuilste gedachten. Als ik een heer was, zou ik de kamer verlaten en haar de tijd geven om zich aan te kleden, maar dat ben ik niet. Ik ben een klootzak die een hotelcasino moet runnen.

En ik weet nog steeds niet wie dit meisje is of hoe ze in mijn suite terecht is gekomen. En serieus, er zullen koppen rollen voor wat er hier gebeurd is. Zelfs meerdere omdat het meisje hiervoor heeft geleden.

Juist. Als mijn hersenen beter zouden werken, zou ik toegeven dat ik de enige ben die daar schuld aan heeft, vooral omdat ik haar nog steeds naakt en in mijn greep vasthoud.

"Het is gewoon het feit dat een meisje dat eruitziet zoals jij, normaal geen kamers schoonmaakt in Vegas," bied ik aan als het stomste excuus ooit. Het is waar, dat wel. Ik ben er zeker van dat er meer meisjes zoals haar zijn. Maar ik zie ze hier niet. Alles wat ik zie zijn oplichters met valse borsten die iets proberen te bereiken. De professionals. Vrouwen die hun lichaam als wapen gebruiken. En ik heb niets tegen die vrouwen. Ik ben blij dat ook ik hun lichaam mag gebruiken.

Maar deze - ze is anders.

Haar volle lippen bewegen, maar ze zegt niets.

Ik kan mijn handen niet thuishouden. Ik laat mijn duim over haar onderlip gaan en streel heen en weer over het zachte vlees.

Haar pupillen worden groter, wat me aanmoedigt om door te gaan.

"Een meisje als jij staat meestal op het podium - een soort podium - ook al is het maar een herenclub."

Haar ogen vernauwen zich, maar ik zwijg niet.

"Een meisje zoals jij kan een ton verdienen door zichzelf te verkopen." Mary, Koningin van de Vrede, ik wil dit meisje kussen. Ik laat mijn lippen zakken maar stop boven de hare. Een kus zou zeker niet gewenst zijn. Ik mag dan een enge eikel zijn, maar ik dring me niet op aan vrouwen. "Weet je hoeveel een man als ik zou betalen voor een nacht met jou?"

Deze keer ging ik echt te ver. Ze probeert zich los te rukken. Ik laat haar niet los, maar ik til wel mijn hoofd op. Ze perst haar lippen even samen voor ze zegt: "Kan ik gaan?"

Ik deins achteruit, maar schud mijn hoofd. "Nee." Het is een beslissend antwoord, kort en bondig.

Ze huivert. De verwijde pupillen vernauwen zich tot angst. Ik hou niet zo van haar angst in tegenstelling tot haar trillen en zachtheid, open voor mij, zoals ze een moment geleden nog was. Het is een subtiel verschil, omdat ik hou van de machtspositie die ik heb door haar hier te houden, overgeleverd aan mijn genade.

"Ik heb nog steeds een paar antwoorden nodig." Ik duw haar naar achteren in de richting van het aanrecht, pak haar dan op bij haar middel en laat haar blote kont op het koele marmeren blad zakken. De handdoek valt open wanneer ik haar loslaat en ik krijg opnieuw een glimp te zien van haar perfecte, volle borsten wanneer ze de hoeken vastgrijpt en de handdoek weer dichttrekt.

Ik schud mijn hoofd om de nieuwe vloed van lust die door me heen raast, weg te spoelen. Mijn penis is keihard geworden. Ik ben een man die gewend is alles te krijgen wat hij wil, waar vrouwen meestal ook bij horen. Het feit dat deze vrouw niet beschikbaar is, maakt dat ik haar nog liever wil. "Serieus," mompel ik. "Ik zou vijfduizend betalen voor een nacht met een meisje als jij." Terwijl ik het zeg, weet ik dat ik haar nooit op die manier zou willen. Ik wil dat ze vrijwillig toestemt.

En dat is mijn vreemdste gedachte tot nu toe. Omdat ik nooit, maar dan ook nooit tijd besteed aan afspraakjes.

"Ik ben geen prostituee," snauwt ze, terwijl ze met haar blauwe ogen knippert.

Haar woede haalt me uit mijn slaapdronken fantasie. Ik knipper een paar keer met mijn ogen. "Ik weet het. Ik zeg alleen dat je in deze stad veel geld zou kunnen verdienen."

Ik schud mijn hoofd. Wat zeg ik verdomme? Ik wil niet dat dit meisje één van die vrouwen wordt.

En ze wil hier zo snel mogelijk weg. Dus ik moet terug naar mijn ondervraging.

"Wie ben je en waarom ben je hier?"

Ze haalt trillerig adem. "Mijn naam is Sondra Simonson. Mijn nicht, Corey Simonson, werkt hier als dealer. Ze heeft dit baantje als schoonmaakster voor me geregeld, terwijl ik wacht tot er iets beters beschikbaar is." Ze spreekt snel, maar het klinkt niet ingestudeerd. En het heeft genoeg details om waar te zijn. "Marissa is mijn baas en ik heb aangeboden om haar te helpen bij het schoonmaken van deze kamers, omdat de vaste medewerkers ziek zijn. Haar kind heeft een hersenschudding en ze moest me hier alleen laten. Ik was hier gewoon aan het schoonmaken."

Ze tilt haar kin omhoog, ook al slaat haar pols in een razend tempo door haar nek.

Ik wacht tot ze verder gaat, niet omdat ik nog steeds zo achterdochtig ben, maar omdat ik haar graag hoor praten.

Ze ratelt maar door: "Ik ben net vanuit Reno hierheen verhuisd... ik gaf les in kunstgeschiedenis aan het Truckee Meadow Community College."

Ik hou mijn hoofd schuin en probeer deze nieuwe informatie te verwerken. Het maakt het alleen maar erger dat dit meisje in mijn kamer is. "Waarom werkt een professor kunstgeschiedenis als schoonmaakster in mijn hotel?"

"Omdat ik een vreselijke smaak voor mannen heb," flapte ze eruit.

"Is dat zo?" Ik moet moeite doen om niet te lachen. Ik leun met mijn heup tegen de wastafel tussen haar gespreide dijen. Als ze bloost, weet ik dat ze moet denken aan hoe dicht haar mooie, kleine, blote poesje bij het deel van mij is dat haar het liefst wil aanraken.

Ik ben nu nog meer gefascineerd door dit mooie wezen. Op wat voor soort man valt een professor kunstgeschiedenis?

Ze slikt en knikt. "Ja."

"Ben je een man hierheen gevolgd?"

"Nee." Ze blaast met een zucht haar adem uit. "Ik heb er één laten zitten. Het bleek dat we een niet gedeelde interesse hadden in polyamorie."

Ik trek een wenkbrauw op. Ze bestudeert me meteen, haar blauwe ogen zijn intelligent nu de angst een beetje verdwijnt.

"Laten we het erop houden dat het voor altijd in mijn geheugen gegrift zal staan dat hij drie meisjes in ons bed neukte. Dus" - ze haalt haar schouders op - "Ik nam onze auto en vertrok naar Vegas. Maar het lot heeft me getroffen, want de auto begaf het toen ik aankwam."

"Hoe is dat jouw lot?"

"Omdat de helft van die auto van Tanner was en ik hem gestolen heb."

Ik haal mijn schouders op. "Wiens naam stond er op de papieren?"

"De mijne."

"Dan is het jouw auto," zeg ik, alsof ik de man ben die het laatste woord heeft over alles wat met haar ex te maken heeft. "Maar dat verklaart nog steeds niet waarom je in mijn badkamer bent."

Of misschien toch wel. Er is nog steeds kortsluiting in mijn hersenen door het slaapgebrek. De echte waarheid is waarschijnlijk dat ik haar niet wil laten gaan. Ik zou haar graag in mijn kamer vastbinden en haar de hele nacht ondervragen met mijn leren zweep. Ik vraag me af hoe die bleke huid eruit zou zien met mijn handafdrukken erop.

Dit gaat te ver, Tacone. Ik probeer me terug te trekken. De kamer draait rond terwijl mijn zicht vervaagt. Verdomme, ik heb slaap nodig.

Ze knippert snel. "Omdat je me niet laat gaan?"

Ik had gelijk. Ze is slim.

Mijn mondhoeken bewegen.

"Het schoonmaakteam is de enige plek waar ik op korte termijn een baan kon krijgen. Ik zou liever als dealer werken. Denk je dat je me kan helpen?" Nu wordt ze brutaal.

Grappig, ik heb niet de drang om haar naar beneden te halen zoals ik meestal doe met werknemers. Tenzij, het natuurlijk naakt en overgeleverd aan mijn genade zou zijn.

Oh ja. Dat heb ik al geregeld.

Maar de suggestie dat ze als dealer zou werken, irriteert me mateloos. Ik weet niet of het is omdat Las Vegas haar binnen een maand zou verpesten, of omdat ik haar echt in mijn kamer wil houden. Om mijn kamer schoon te maken. Naakt.

"Nee."

Ze deinst terug omdat ik het woord te hard uitspreek. Ik heb het echt moeilijk met het aanpassen van mijn gedrag. Maar ze haalt gewoon haar schouders op. "Nou, dit is toch maar tijdelijk. Tot ik genoeg verdiend heb om een nieuwe auto te kopen en een baan als docent te vinden."

Oké, zelfs als ik mijn instincten niet vertrouw, denk ik dat ze is wie ze zegt dat ze is. Wat betekent dat ik geen goede reden heb om haar hier vast te houden. Ik doe een stap terug en bekijk haar nog eens goed, nu ik meer over haar weet. Serieus. Ik wil haar houden.

Maar na alles wat ik haar net heb aangedaan, zal ze waarschijnlijk ontslag nemen zodra ze mijn suite verlaat. Ik wijs naar haar verkreukelde jurk en beha op de vloer. "Kleed je aan."

Voordat ik iets anders doe of zeg om het meisje te traumatiseren, verlaat ik de badkamer en trek de deur achter me dicht.

## 2

*Sondra*

Nou. Dat was interessant. Mijn knieën knikken wanneer ik rechtsta. Wat gaat hij nu doen? Mag ik gaan? Met trillende handen trek ik mijn kleren aan en rits mijn jurkje helemaal dicht, ook al heeft hij mijn borsten al gezien.

Het natte slipje ligt in de prullenbak, dus ik ga maar zonder.

Ik besluit dat ik het best met opgeheven hoofd naar buiten loop. Want in geen geval blijf ik hier om zijn suite schoon te maken na wat er net gebeurd is. Ik pak de deurknop vast en haal diep adem. Daar ga ik dan.

Hij staat in de gang voor mijn kar, te praten met zijn mobiele telefoon. Hij blokkeert mijn uitgang.

Verdomme.

Ik hap weer naar adem bij hoe eng-sexy hij eruitziet - de prachtige manier waarop hij het dure pak vult, zijn dikke, donkere haar dat aan de zijkanten omhoog krult, de doordringende donkere ogen.

Hij beëindigt het gesprek en stopt zijn telefoon in de zak van zijn kostuum. "Je verhaal klopt, voorlopig toch. Ik zal nog verder onderzoek doen." Zijn donkere ogen glinsteren, maar de dreiging die ik er eerder in voelde, is verdwenen.

Ik recht mijn rug, waardoor zijn blik naar mijn borsten wordt getrokken. "Je zult niets vinden."

Zijn mondhoeken krullen een beetje. Hij kijkt naar me als een leeuw naar een prooi. Hongerig. Zeker van zichzelf. Hij schudt zijn hoofd, een beetje droevig. "Een meisje dat op jou lijkt... zou geen kamers moeten schoonmaken," mompelt hij.

Ik loop langs hem heen en laat hem links liggen. "Ja, dat zei je al."

Die kerel heeft me echt misbruikt. Hij kleedde me uit en keek toe hoe ik op zijn vloer plaste. Ik moet hier zo snel mogelijk weg en kom nooit meer terug. Vergeet werken voor de maffia. Ik heb een leven dat de moeite waard is... ergens anders. Ergens ver weg van Vegas.

Ik duw het karretje verder, ook al heb ik badkamer niet schoongemaakt. Maak gewoon dat je wegkomt, Sondra.

"Wacht even," schreeuwt hij. "Laat de kar staan. Tony zal je naar huis brengen."

Er klopt iemand op de deur en een enorme vent met een draad in zijn oor komt binnen. Te oordelen naar de omvang, heeft hij evenveel kracht als Tacone.

Fuck fuck fuck.

Ik stap achteruit terwijl ik mijn hoofd schud. Oh hel, nee. Ik ga niet in een auto zitten met deze man, zodat hij me in het hoofd kan schieten en me van een pier kan gooien. Oké, er zijn geen pieren in Las Vegas. De Hoover Dam dan. Zo dom ben ik niet.

"Rustig maar." Tacone moet het bloed uit mijn gezicht hebben zien wegtrekken. "Je zult veilig thuiskomen. Je hebt mijn woord. Wacht even." Hij loopt de woonkamer uit en gaat zijn kantoor binnen.

"Ik-ik neem gewoon de bus," roep ik hem na en loop naar de deur, in de hoop langs Tony te komen. "Dat doe ik meestal."

Tony wijkt niet van zijn positie voor de deur.

"Je gaat niet met de fucking bus gaan." Tacone klinkt zo eng dat ik stil blijf staan. Hij komt terug met een envelop, die hij aan Tony geeft en mompelt iets wat ik niet heb verstaan. "Ga met Tony mee." Het is een bevel, geen optie. Tony stond daar de hele tijd met een uitgestreken gezicht. Nu kijk hij me aan.

Ik loop naar de deur, trillend als een blaadje. Tony opent de deur, begeleidt me erdoorheen en sluit hem weer. Ik werp een blik omhoog naar de gespierde man naast me. Tony legt een enorme hand tegen mijn nek. "Je bent oké."

Serieus? Geeft deze man om mijn welzijn?

Hij duwt me vooruit de lift in. "Ben je gewond? Of gewoon bang?"

Elk deel van mijn lichaam trilt. "Ik ben oké." Ik klink somber. Ik plaats me zo ver mogelijk van hem vandaan en kruis mijn armen over mijn borst.

Tony fronst zijn wenkbrauwen naar me. De lift gaat naar beneden. "De baas is zichzelf niet. Hij heeft niet -" De frons wordt dieper. "Heeft hij je gedwongen?"

Oké, dat is best lief. Deze man wil echt weten hoe het met me gaat. Maar hij werkt voor Tacone, hoofd van de criminele familie, dus ik weet niet waarom hij het vraagt. "Wat zou je doen als ik ja zei?"

Donkere woede verschijnt op het gezicht van de man. Hij doet een stap naar voren in mijn richting. "Is dat wat er gebeurd is?" Zijn stem klinkt gevaarlijk.

Ik schud mijn hoofd. "Nee. Niet zoals jij denkt." Ik kijk

weg. "Dat niet. Iets anders." Ik kijk niet, maar ik voel zijn blik nog steeds op me rusten.

"Wat zou je gedaan hebben als ik ja had gezegd?" vraag ik opnieuw. Ik veronderstel dat mijn ziekelijke nieuwsgierigheid naar alles wat met maffia te maken heeft, voor deze herhaalde vraag zorgt.

Hij drukt zijn lippen op elkaar en neemt weer een soldaatachtige houding aan. Zijn teken dat hij niet gaat antwoorden.

Als de lift opengaat, duik ik naar voren en baan me een weg door de massa gokkers. Op de een of andere manier, blijft hij vlak achter me. De vleesachtige hand ligt weer op mijn nek. "Rustig aan. Ik heb de opdracht om je naar huis te brengen."

"Ik heb geen lift nodig. Ik neem de bus - echt waar."

Hij haalt zijn hand niet weg, maar gebruikt hem om me door de mensenmassa te leiden, die aan de kant gaat voor zijn groot gestalte en nog grotere aanwezigheid. "Ik ga je niet vermoorden, als dat is wat je denkt."

Ik schud mijn hoofd. Ik kan niet geloven dat we een gesprek voeren over iemand vermoorden.

"Goed om te weten." Dat is alles wat ik kan zeggen.

Hij neemt me mee naar een andere lift - een privélift waar hij met zijn sleutelkaart toegang tot heeft. We komen aan op de onderste verdieping, wat de privéparking blijkt te zijn. Hij leidt me naar een limousine en opent de achterdeur voor me.

"Gaan we hiermee?" Misschien gaat hij me echt niet vermoorden. Ik kijk rond naar de andere auto's die er staan. Limousines, Bentleys, Porsches, Ferrari's. Rij na rij alleen maar luxe auto's naast elkaar. Wow.

Tony lacht alsof hij me schattig vindt. "Ja. Stap in."

"Je bent net zo bazig als je baas," mompel ik en hij grijnst.

Ik doe wat me gevraagd wordt. Ik weet nog steeds niet honderd procent zeker of dit een doodvonnis is of niet, maar ik kan intussen al wat rustiger ademhalen.

Hij vraagt niet naar mijn adres maar rijdt rechtstreeks naar Corey's huis en stopt op de stoep voor het herenhuis. Er loopt een rilling over mijn rug.

Tacone had me zeker nagetrokken. Is dit een andere manier waarop hij zijn macht wil laten voelen? Om te laten zien dat hij weet waar ik woon en hoe hij me kan vinden?

Of is dit echt een beleefdheidsbezoekje?

Ik duw de deur open op het moment dat de auto stopt.

"Wacht even." Tony's diepe stem heeft niet hetzelfde effect als die van Tacone. Ik verstijf niet. In plaats daarvan ren ik naar de deur. "Ik zei, wacht even," schreeuwt hij, en ik hoor het dichtslaan van zijn deur. "De heer Tacone wilde dat ik je iets zou geven."

Hopelijk geen kogel tussen de ogen. Ik zoek naar mijn sleutels.

Nee, ik ben dom. Hij bracht me naar huis. De man is niet van plan om me te vermoorden. Ik draai me om en zie hem de stoep op rennen. Hij haalt de envelop die Tacone hem gaf uit zijn jaszak en geeft hem aan mij. Mijn naam staat op de voorkant geschreven in een dunne, nette inkt. Om de een of andere reden ben ik verbaasd over hoe mooi Tacone's handschrift is.

Ik adem trillend in. "Is dat alles?"

Tony's ogen knipperen. "Ja, dat is het."

Ik slik. "'Oké. Bedankt."

Hij grijnst en draait zich zonder nog een woord te zeggen om.

Mijn handen trillen terwijl ik de sleutel in het slot steek.

Het is voorbij. Een slechte dag, niets meer. Ik hoef daar nooit meer naartoe. Ja, ze weten waar ik woon, maar ze hebben me veilig en wel thuisgebracht. Er zal niets meer gebeuren. Ik heb mijn kleine voorproefje van de maffia gehad, precies zoals ik wilde. Morgen ga ik solliciteren voor een normale baan. Eentje zonder louche underground figuren met grote, hete handen en doordringende donkere ogen. Eén zonder wapens, of het gerinkel van munten in speelautomaten.

Eén zonder Tacone.

∼

*Sondra*

Dean, Corey's vriend, zit op de bank TV te kijken. "Hé, Sondra." Hij lijkt een beetje te blij om me te zien.

Mijn maag verkrampt en ik word me steeds meer bewust van het feit dat ik geen slipje draag. De kerel heeft de gewoonte om naar me te loeren en ik ben bang dat hij op de een of andere manier zal ontdekken dat er niets onder mijn zeer korte jurkje zit.

"Hoi," mompel ik.

Hij laat zijn ogen over me heen gaan en blijft veel te lang op mijn borsten hangen. "Hoe gaat het?"

Ik ga hem in geen geval vertellen over mijn rare dag. Corey, ja, maar hem niet. Jammer genoeg heb ik geen eigen kamer - ik heb op hun bank geslapen - dus ik kon me nergens verbergen. Genoeg verdienen om een waarborgsom voor mijn eigen huis te betalen is mijn eerste prioriteit, zelfs boven het vinden van een auto die rijdt.

Ik loop naar mijn koffer die in de hoek staat en neem er wat andere kleren uit voordat ik mezelf in de badkamer opsluit. Pas dan realiseer ik me dat ik de envelop van meneer Tacone nog steeds vasthoud. Ik steek mijn duim onder de klep en scheur hem open. Zes knisperende honderd-dollarbiljetten glijden eruit met een papiertje.

Ik haal diep adem. Voor iemand die vrijwel blut is, die niets anders eet dan noedels, is het een hoop geld. Ik had beurzen en toelagen op de universiteit, maar daarmee zat ik nog steeds onder de armoedegrens. Lesgeven als vervanger heeft ook niet echt de rekeningen betaald.

Het briefje is geschreven in hetzelfde nette handschrift als mijn naam op de envelop.

Sondra—

Sorry dat ik je liet schrikken. Geld lost niet alles op, maar soms helpt het. Ik hoop dat je morgen weer komt werken.

—Nico

Mijn hart slaat over. Nico. Hij ondertekende met zijn voornaam? En verontschuldigde zich. Niet persoonlijk, maar toch, het is een verontschuldiging.

*Ik hoop dat je morgen weer komt werken.*

Het beeld van zijn gezicht dat slechts centimeters van het mijne verwijderd was terwijl hij de handdoek vastgreep die me tegen hem bond, flitst door mijn hoofd. Mijn knieën worden zwakker. Hij wil dat ik terugkom?

Hij heeft goed geraden dat ik van plan was om te stoppen en er nooit nog een voet binnen te zetten. Ik waaier wat met de zes honderd-dollarbiljetten. Sommige mensen zouden een hoge moraal hebben. Ze zouden zeggen dat deze kerel niet hun stilzwijgen of meegaandheid zou kunnen kopen of wat dan ook. Maar ik niet. Hij heeft gelijk. Met geld kom je al een heel eind om dingen recht te zetten.

Maar toch, die klootzak hield een pistool tegen mijn hoofd. En kleedde me helemaal uit. En ik plaste. Dat was het meest vernederende moment van mijn hele leven.

Maar mijn gevoel van belediging verdwijnt als ik denk aan de manier waarop hij me onder de douche zette, me afdroogde en mompelde, je bent oké.

Ik staar naar het geld. Zeshonderd dollar dichter bij een verhuis van de bank van mijn nicht naar mijn eigen huis. Zeshonderd dollar dichter bij een andere auto. Ik kan boodschappen doen en mijn nicht terugbetalen voor wat ze al voor mij heeft betaald.

Misschien ga ik er niet dood van als ik morgen op mijn werk verschijn. Ja, het was heel vernederend, maar ik zal hem waarschijnlijk nooit meer zien. Het zou me de moeite besparen om een nieuwe tijdelijke baan te vinden terwijl ik mijn leven op orde breng.

Ik adem langzaam uit, probeer het visioen van Tacone die mijn haar uit mijn gezicht strijkt, zijn doordringende blik, uit te wissen. Ik zal hem niet meer zien. En dat is een goede zaak. Absoluut een goede zaak.

*Nico*

SONDRA SIMONSON. Dat is haar echte naam. Ik heb de beveiliging gevraagd om alles op te zoeken wat ze over haar kunnen vinden en het dossier naar mij te brengen. Samen met de videobeelden van onze ontmoeting.

Samuel, het hoofd van de schoonmaakdienst, heeft Marissa, Sondra's baas, al ontslagen omdat ze haar in mijn suite heeft gelaten, maar ik bel hem zelf om te zeggen dat het in orde is.

En om te vragen of Sondra de schoonmaakster van de penthouse suite kan vervangen.

Want als ze niet opstapt, wil ik haar zeker weer in mijn kamer.

Naakt.

Liefst naakt en gewillig deze keer, maar ik zou een leugenaar zijn als ik zei dat ik niet hield van het feit dat ze een beetje bang was. Er was iets aantrekkelijks aan de manier waarop ze trilde en opgewonden raakte toen ik haar uitkleedde.

Of had ik het me ingebeeld?

Daar kom ik snel genoeg achter. Waar is die verdomde video? Ik ben net een junkie die wacht op zijn volgende shot. Ik kan niet wachten om de video van haar te bekijken. Ik zal de hele nacht mijn hand neuken om haar pruilende lippen en grote blauwe ogen op mijn scherm te zien.

Er wordt op de deur geklopt. "Het is Tony." De diepe stem van mijn rechterhand weerklinkt door de deur.

"Ja?"

"Ik heb haar weggebracht." Hij stapt naar binnen en geeft me een voorzichtige blik. Ik weet dat hij hier niet alleen gekomen is om me dat te vertellen. Hij kwam om uit te zoeken wat er in godsnaam gebeurd is. Waarom ik de schoonmaakster nat en bang naar huis heb gestuurd.

Hij is bezorgd om mij. Mijn mentale toestand begint af te brokkelen doordat ik niet kan slapen. Hij is te slim om me te vragen wat er gebeurd is. Hij weet dat ik hem zou zeggen dat hij zich met zijn eigen zaken moet bemoeien. Maar hij heeft er een carrière van gemaakt om stilletjes naast me te staan, mijn lijfwacht te zijn en ervoor te zorgen dat hij beschikbaar is als ik hem iets wil toevertrouwen.

Hij is geen familie. Hij is zelfs geen Italiaan. Hij is

gewoon een grote, loyale kerel uit Cicero die besloot dat ik de man was die hij tot in het diepste van de hel zou volgen. Ik denk dat je zou kunnen zeggen dat hij het dichtste in de buurt komt van een vriend.

Als een Tacone ooit echt een vriend heeft.

"Ze is nieuw. Ik vond dat ze er vreemd uitzag, dus heb ik haar gefouilleerd."

Een spier in Tony's kaak verstrakt, maar hij zegt niets. Tony is absoluut een verdediger van vrouwen. Zijn moeder is door zijn vader zwaar mishandeld en hij wil dat nog steeds graag goedmaken met elke vent die een vrouw mishandelt. Waarschijnlijk ook met mij, als het erop aan zou komen.

Maar ik maak er normaal geen gewoonte van om vrouwen te mishandelen.

Dit was een speciaal geval.

Ik tuit mijn lippen en haal mijn schouders op. "Ik heb misschien ook een pistool op haar hoofd gericht terwijl ik haar ondervroeg." vertel ik hem voor het geval er rommel is die we moeten opruimen van de nasleep. Hopelijk maakt Sondra geen herrie. Ik denk niet dat ze dat zal doen.

En om de een of andere reden stoort me dat.

Ik heb een vreselijke smaak als het om mannen gaat.

Een slimme, goed opgeleide, knappe vrouw zoals zij zou niet rond moeten lopen met die fatale fout die haar in gevaar brengt. Zeker niet in Vegas.

Behalve dat het waarschijnlijk die vreselijke smaak is die haar ook zo soepel en buigzaam maakte in mijn armen. Die ongelofelijke tepels werden hard, dat poesje werd nat voor mij. En ik was haar niet eens aan het versieren. Ik was haar hard aan het aanpakken als een gestoorde gek.

Fuck.

Tony steekt zijn handen in zijn zakken. "Jezus, Nico. Het gebrek aan slaap maakt je achterdochtig."

"Ik weet het." Ik haal mijn hand door mijn haar.

"Je moet iets nemen. Heb je de medicijnen al geprobeerd?"

Ik heb een hele hoop medicijnen die me moeten helpen slapen, maar ze werken niet of geven me een vervelend gevoel achteraf. Niet dat ik hou van het ijlen waar ik nu aan lijd. "Nah. Ik denk dat ik vannacht wel kan slapen."

"Dat zei je gisteravond ook."

Ik kijk uit de muur van ramen die mijn penthouse-suite vormen. "Dus je hebt haar naar huis gebracht? Was ze oké?"

"Ze was nerveus. Heb je haar omgekocht?"

De woorden haar omgekocht doen mijn tanden knarsen, ook al is dat precies wat ik deed. Maar toch, het klinkt zo smerig als je het met haar associeert. Het is dezelfde reden waarom ik haar niet als dealer wil zien op mijn vloer. Ze mag niet besmeurd worden door alle shit die in dit hotelcasino gebeurt.

Ze mag niet besmeurd worden door mij.

Jammer dat ik haar op alle mogelijke manieren wil besmeuren.

Als ik een betere persoon was, zou ik ervoor zorgen dat onze paden nooit meer zouden kruisen. Maar dat ben ik niet. Ik ben geen goed persoon. Ik breng haar terug naar het hol van de leeuw.

Ik zal tot morgen moeten wachten om te zien of ze zo slim is als ze eruitziet en hier nooit nog een voet zal binnenzetten.

~

*Sondra*

. . .

Ik neem een douche en verlaat de badkamer, zonder verrast te zijn dat Dean daar op de loer ligt, zogezegd in de keuken. Ik weet nog niet hoe ik Corey moet vertellen dat ik haar vriend een wellustige, niet-goede overspelige klootzak vind. Ik heb geen bewijs - alleen de manier waarop hij naar me kijkt en met me wil praten of omgaan wanneer we alleen zijn.

Aangezien ik een magneet ben voor ontrouwe vriendjes, weet ik hoe het voelt.

Ik maak er meestal een gewoonte van om niet in de buurt te zijn als Dean thuis is zonder Corey, maar Tacone's kerel bracht me te vroeg naar huis. Ik probeer er het beste van te maken. "Hé, Dean. Heb je zin om me naar de supermarkt te brengen? Ik kreeg vandaag mijn loon." Om gefouilleerd te worden.

Deze keer is de angst weg wanneer ik terugdenk aan Mr. Tacone's - Nico's - grote hete handen die over mijn lichaam dwalen. Een korte fantasie flitst in mijn gedachten voorbij - hij trekt mijn slipje naar beneden voor een andere reden...

Weet je hoeveel een man als ik zou betalen voor een nacht met een meisje als jij?

Vijfduizend dollar!

Stop met aan hem te denken.

Ik moet vergeten dat Nico Tacone precies het soort man is die mijn tenen doet krullen. Donker. Gevaarlijk. Onvoorspelbaar. De ultieme bad boy.

Ja, ik loop het gevaar weer voor de duistere kant te vallen. Heel erg.

Ik moet sterk blijven.

Corey's vriend zucht en rolt met zijn ogen - blijkbaar is het een enorme last om me een lift naar de winkel te geven. Hij probeert me al te laten weten hoeveel ik ze schuldig ben sinds de dag dat ik hier ben. "Ja, oké, ik breng je wel." Hij is waarschijnlijk gewoon teleurgesteld dat we niet met z'n tweeën thuisblijven.

Ik geef niets om zijn stomme reactie die hij toont omdat ik bij hen kom logeren. Corey en ik zijn praktisch zussen. We groeiden op in een klein stadje in Michigan, waar we als nichten tegenover elkaar woonden. Haar vader zit bij de politie en hij was een klootzak voor hij haar moeder verliet, dus bracht ze de meeste tijd bij mij door.

Maar er is nog nooit een man tussen ons gekomen en Dean lijkt me het type man dat voor drama's kan zorgen. Ik moet hier weg voor het nog gênanter wordt. Nog een reden om morgen te gaan werken.

# 3

*Sondra*

"Wat in godsnaam is er gisteren gebeurd?" vraagt mijn baas, Marissa, zodra ik in de schoonmaakruimte aankom.

Ik probeer een neutraal gezicht te tonen. Ik weet niet wat ze precies weet, maar ik wil zeker niet dat al het personeel hoort dat ik tot op mijn onderbroek ben uitgekleed in Mr Tacone's badkamer. Of dat hij me er zeshonderd contant voor betaalde. Of dat er gisteravond twee dozijn perzikkleurige rozen voor me zijn bezorgd bij Corey's huis.

Ik heb nog nooit zo'n groot boeket rozen in mijn leven gekregen. Ik gaf de helft ervan aan Corey, die me haar slaapkamer in sleepte om haar onder vier ogen te vertellen wat er gebeurd was. Corey vond het verhaal krankzinnig en beweerde dat Tacone een oogje op me heeft.

Ik richt mijn ogen op die van mijn supervisor. "Wat is er met je zoon gebeurd?" Ik probeer het gesprek een andere wending te geven.

Ze wil het niet. Ze zwaait ongeduldig met haar hand.

"Hersenschudding. Hij viel achterover op het betonnen schoolplein. Wat is er met jou gebeurd?"

Mijn gezicht wordt heet. Ik open mijn mond maar weet niet goed hoe ik het moet vertellen. "Wat heb je gehoord?"

Irritatie flitst over haar gezicht. "Nou, eerst belde Samuel om te zeggen dat ik ontslagen was omdat ik je daar toegelaten had. Toen belde hij terug om te zeggen dat het toch niet zo was, hij had het van Nico Tacone zelf gehoord en alles was in orde. Zo goed zelfs, dat Tacone heeft gevraagd of jij de vaste schoonmaakster van de penthouse zou willen worden. Wat het dubbele betaald van wat je nu krijgt." Ze kruist haar armen voor haar borst. "Dus wat is er gebeurd?"

Wacht... wat? Mijn hart slaat op hol. Hij wil dat ik zijn vaste schoonmaakster word? Dat zou betekenen dat ik hem weer moet zien - in levende lijve. De man die me vernederde en naar mijn naakte lichaam staarde. Die me heeft zien huilen. En die me nat zag worden. Nee. Dat kan ik niet.

Maar een dubbel loon... dat zou me de kans geven om sneller Corey's huis te verlaten. Weg uit Vegas, als dat is wat ik ga doen.

Marissa staat daar met opgetrokken wenkbrauwen, wachtend op een verklaring. Ik kies voor een gedeeltelijke waarheid. "Toen ik Nico Tacone's kamer aan het schoonmaken was, kwam hij terug en hij ging door het lint omdat hij me niet kende. Ik bedoel echt door het lint gaan. Hij hield een pistool tegen mijn hoofd."

Marissa slaat een hand voor haar mond en haar ogen worden groot.

"Ik dacht echt dat ik dood zou gaan."

Sympathie overspoelt haar gezicht. "Oh mijn God,

Sondra, het spijt me zo. Ik had je daar nooit alleen moeten laten."

Ik haal mijn schouders op. "Het is goed afgelopen. Toen hij mijn verhaal had nagetrokken, voelde hij zich schuldig dat hij me zo bang had gemaakt." Of in mijn broek had laten plassen van schrik, zoals het geval was. "Hij stuurde me naar huis in een limo met zijn chauffeur."

Marissa laat een verbaasde lach horen. "Nee. Echt niet."

Ik knik. "Echt waar."

"Nou, het doet vast geen pijn dat je jong en mooi bent. Ik weet zeker dat als ik het was, ik op staande voet ontslagen zou zijn."

"Jij bent jong en mooi."

Ze lacht. "Met wat gvlei kom je overal."

Ik probeer haar woorden niet de stomme opwinding te laten versterken die al naar boven komt onder al mijn meer verstandige gedachten. Is Nico verliefd op mij? Ik zou moeten hopen van niet. Mijn gezond verstand zal toch wel snel beginnen werken. Alleen heb ik vannacht niet geslapen. Ik had mijn vingers tussen mijn benen, fantaseerde over hoe het zou zijn geweest als Nico Tacone me in zijn badkamer met mijn gezicht naar de wastafel had gedraaid en zijn gezaghebbende pik in me had geduwd tot ik het uitschreeuwde.

Plotseling gingen Marissa's wenkbrauwen weer omlaag. "Voel jij je veilig?" vraagt ze. "Want ik ga daar geen kwetsbare jonge vrouw naar binnen sturen om mishandeld te worden. Was dat het gevoel dat je van hem kreeg?"

Was dat zo? Nee. Niet echt. Afgezien van het moment waarop hij me bijna kuste. En het feit dat hij me rozen heeft gestuurd. Maar mishandeld is een groot woord. Ik voelde me niet zo kwetsbaar. Ja, hij maakte me bang, maar hij fascineerde me ook. Hij zorgde op een vreemde manier voor me - hij zette me onder de douche om me schoon te maken en droogde me af. En hij trok mijn doorweekte slipje uit.

Maar voel ik me veilig?

Nee.

Is dat de helft van de aantrekkingskracht? Corey zou zeggen van wel. Omdat ik een abnormaal opwindend gen bezit als het op mannen aankomt.

"Ja, hij is oké. Ik krijg geen eng gevoel van hem," mompel ik, terwijl ik mijn kar met benodigdheden klaarzet.

"Weet je het zeker? Want als je nog steeds te geschokt bent, ben ik niet bang om ze dat te vertellen. Dan staat er hen een personeelsnachtmerrie te wachten met jou."

Ik betwijfel eigenlijk of de familie Tacone iets geeft om personeelsproblemen. Ze hebben waarschijnlijk hun eigen speciale manier om met problemen om te gaan die geen rechtszaken of uitbetalingen inhouden. Tenzij je de som meetelt die Nico me gisteren gaf, zeshonderd knapperds.

"Ja, ik weet het zeker. Ik red me wel."

"Oké, hier is je nieuwe sleutelkaart. Jij bent verantwoordelijk voor de drie suites op de bovenste verdieping en niets anders, volgens Mr. Tacone."

"Dat zal niet de hele dag duren, toch. Wat moet ik doen als ik klaar ben?"

"Dan kan je naar huis gaan."

Oh - dus ik krijg niet echt opslag. Nou, ik zal gewoon minder uren werken voor hetzelfde geld, dus het is eigenlijk wel een verbetering. Maar ik kan Corey's huis niet sneller verlaten. Maar, ik klaag niet. Het zal me tijd geven om te solliciteren voor een baan als docent.

Ik neem mijn karretje en de nieuwe sleutelkaart die ze me gaf mee in de lift. Op de bovenste verdieping, maak ik eerst de andere twee suites schoon. Ze hebben allebei twee slaapkamers. Ik vraag me af van wie ze zijn - Nico's broers? Neven? Ik wou dat ik meer wist over hoe het hier werkt. Toen ik voor het eerst solliciteerde bij de Bellissimo en Corey me vertelde dat het maffia was, heb ik het gegoogeld, maar er was niets te vinden. Nul. Niet dat ik daarover verbaasd ben. Als Nico Tacone denkt dat een nieuwe schoonmaakster aan het afluisteren is, dan is hij ofwel paranoïde, of hij heeft een aantal belangrijke geheimen te verbergen. Die tweede gedachte laat een rilling over mijn rug lopen.

Nieuwsgierigheid zorgde voor de dood van de kat, Sondra. Ja. Jammer dat de aantrekkingskracht tot de verkeerde soort mannen nooit verdwijnt bij mij.

Nadat ik klaar ben met de andere twee suites, klop ik op Nico's deur. Ik moet toegeven, mijn hart gaat sneller slaan als ik daar sta te wachten op een antwoord. Ik ben zowel opgewonden als angstig bij het idee hem weer te zien.

Ik gebruik de sleutelkaart en ga naar binnen. Ik hoor eerst zijn stem, dan zie ik hem ijsberen op zijn balkon, pratend - eigenlijk schreeuwend - tegen zijn telefoon. Zijn hoofd schiet omhoog en zijn ogen vallen op mij met dezelfde donkere intensiteit die ze gisteren hadden. Hij zegt nog iets in de telefoon en laat hem dan in zijn zak vallen, zonder zijn blik van mij af te wenden.

Ik duw het karretje naar het midden van de kamer, in de hoop dat ik zo mijn verlegenheid kan verbergen.

Hij schuift de glazen deur van het balkon open en stapt naar me toe. "Je bent teruggekomen."

Klinkt hij blij, of verbeeld ik het me?

"Ja," mompel ik en met veel show haal ik de nieuwe spullen uit het karretje.

"Ik wist niet zeker of je zou komen."

Ik draai me om en schrik omdat hij vlak voor me is komen staan, de warmte van zijn lichaam straalt tegen het mijne.

Oh heer, hij is nog steeds knap. Chocoladebruine ogen met lange, donkere, krullende wimpers, dat soort waar een vrouw een moord voor zou doen. Olijfkleurige huid. Zijn vierkante kaak heeft een vijf-uur schaduw. De wallen onder zijn ogen zijn er nog steeds, maar niet zo uitgesproken vandaag. Zijn lichtblauwe overhemd heeft een openstaande kraag en laat een paar donkere krullen zien.

Ik ga met mijn tong over mijn lippen om ze vochtig te maken en zijn ogen volgen die beweging. "Ga je me weer fouilleren?"

Zijn lippen gaan omhoog bij zijn mondhoeken en plotseling sta ik tegen de kar aangedrukt. Hij raakt me niet echt aan, maar er is niet veel voor nodig om onze lichamen tegen elkaar te laten botsen. "Wil je dat ik dat doe?"

Ja.

"Nee, dank je, dat hoeft niet." Ik slik, de warmte bouwt zich op tussen mijn benen, mijn lichaam trilt. Zijn lippen zijn maar een paar centimeter van me vandaan. Ik ruik zijn adem - fris en kruidig. "Heb je vannacht geslapen?"

Hij trekt een wenkbrauw op - ja, eentje maar. Het is sexy zoals bij een filmster. "Vraag je hoe ik mij voel, bambina? Na wat ik je gisteren heb aangedaan?"

Mijn gezicht wordt warm bij die herinnering en ik haal mijn schouders op.

"Je bent zo lief als je eruitziet, is het niet?" Zijn gezicht wordt donkerder en hij doet een stap achteruit. "Je had niet moeten komen." Hij schudt zijn hoofd. "Ik dacht zeker dat je zou stoppen."

Plotseling word ik verstikt door zijn teleurstelling in mij, die mijn eigen teleurstelling weerspiegelt. Wanneer word ik eens slimmer? Barmannen die graag xtc uitdelen en maffia-casino-eigenaars zijn slecht nieuws.

Alsof hij de verandering in mijn gemoed voelt, raakt hij mijn schouder aan. Het is een lichte aanraking - respectvol. Er is niets sexy of dominant aan. "Het spijt me van gisteren, Sondra."

De manier waarop hij mijn naam zegt doet mijn binnenste draaien en kronkelen. Ik had niet verwacht dat het zo... vertrouwd zou klinken uit zijn mond.

"Ik ben blij dat je bent teruggekomen - ook al zou ik verdomme willen dat je dat niet had gedaan.

Ik steek mijn kin naar voren. "Dus wat is het? Wil je me hier of niet?"

Plotseling sta ik klem tegen de kar, gekooid door de twee stalen banden van zijn armen. Tacone komt vlak tegen me aan staan, harde, gespierde lijnen drukken tegen mijn rondingen. Zijn penis puilt uit tegen mijn buik. "Ik heb me gisteravond drie keer afgetrokken toen ik naar onze video keek, bambina." Zijn stem klinkt als een hees gebrom dat mijn lichaam binnendringt.

Mijn poesje trekt samen, rillingen van de schokgolven door me heen.

Welke video? Oh lieve heer, heeft zijn bewaking de hele ontmoeting opgenomen? Wie heeft het nog meer gezien?

"Ik was er gisteren van overtuigd dat je een indringer was, want er is iets speciaals aan je. Iets dat me meteen fascineert." Hij krult zijn vinger voor zijn borstkas. "Dus ja. Ik wilde je weer zien. Wilde je stem horen. Er zeker van zijn dat het goed met je gaat." Hij legt één van zijn handen op mijn heup.

Ik zuig mijn onderlip tussen mijn tanden. Ik beef bijna even erg als gisteren, alleen is er deze keer geen angst. Alleen opwinding.

Verlangen.

Zijn handpalm glijdt rond mijn heup om mijn kont te omvatten. Ik leg mijn handen op zijn borst, klaar om hem weg te duwen, maar ik doe het niet. De golf van verontwaardiging die door me heen gaat, wordt overstemd door zijn fluwelen stem.

Hij kantelt zijn hoofd en bestudeert me. "Prachtig gezicht. Perfecte borsten, dat weelderige kleine lichaam van je. Dat heb ik eerder gezien. Maar de manier waarop dat lieve poesje nat werd, terwijl ik je zo bang maakte. De manier waarop je alles liet zien, alsof je niets te verbergen had..."

Oh jeetje.

Mijn zoete poesje is zeker weer nat, het trekt samen en laat weer los wanneer zijn hete adem over mijn wang streelt.

"Heb je het me vergeven?" Zijn stem daalt tot een intiem niveau.

Nog een trekje van mijn vrouwelijke delen vertelt me dat ik al verloren ben.

Ik wil nee zeggen omwille van de vernedering die ik heb ondergaan, maar opnieuw verraadt mijn lichaam me - hij laat me naar hem toe leunen, hijgend, hongerig. "Nog niet," is het enige wat ik kan zeggen.

Hij streelt mijn wang met de achterkant van zijn vingers. Ik krijg het gevoel dat hij me test om te zien of ik weerstand zal bieden.

Dat doe ik niet.

Weer een punt voor de bad boy.

"Gewoon zo," fluistert hij, terwijl hij op me neerkijkt. "Dat is de blik."

Welke blik?

Een hoek van zijn mond gaat omhoog en hij legt zijn hand op mijn achterhoofd, trekt mijn gezicht naar hem toe. "Het spijt me niet."

Mijn ogen verwijden zich en ik probeer weg te trekken, maar hij houdt me vast en gaat verder alsof ik niet gereageerd heb. "Ik had die ontmoeting voor geen goud willen missen." Zijn lippen komen op de mijne, stevig en veeleisend.

Een golf van lust rolt over me heen. Ik smelt in hem, doe mijn lippen van elkaar en laat zijn tong mijn mond binnengaan. Hitte explodeert in elke cel van mijn lichaam.

Hij trekt zich terug, neusgaten wijd open. "Zo zoet als ik me had voorgesteld." Hij likt over zijn lippen, alsof hij me proeft. "Daar had ik spijt van. Je niet geproefd te hebben."

Ik lik ook over mijn lippen. "Ik heb niet gezegd dat je me mocht kussen." De ademloze kwaliteit van mijn stem verraadt mijn reactie.

Hij moet hard lachen. "Nee, dat heb je niet gezegd. Ik heb die kus gestolen." Zijn gelaatstrekken worden harder. "Dat is waarom je niet terug had moeten komen. Als je hier blijft, piccolina, zal je er spijt van krijgen. Waarschijnlijk zullen we allebei spijt krijgen." Hij doet een stap terug en kijkt me aan. "Of misschien ook niet. Misschien neem ik wel wat ik wil zonder me te verontschuldigen."

Mijn hartslag versnelt. Mijn slipje is vochtig van opwinding, mijn tepels schuren tegen mijn beha. Ik ben één deel bang, twee delen opgewonden. En verdomme, als zijn waarschuwing er niet voor zorgt dat ik mezelf op een presenteerblaadje aan hem wil aanbieden.

Hij trekt zijn jasje recht en loopt naar de deur. "Dus ik ga weg, amore. Doe jij je ding maar hier." Hij stopt bij de deur en draait zich om naar mij. "En je kunt beter nadenken over wat je me de volgende keer wilt vertellen. Neem een beslissing. Ja of nee. En dan neem ik mijn beslissing. Maar ik waarschuw je, bambi - als je ook maar een klein beetje ja hebt gemengd met je nee, maak ik je met de grond gelijk." Hij wijst met een waarschuwende vinger naar me. "Geloof het maar."

Als hij weggaat, moet ik aan het schoonmaakkarretje vasthouden om op mijn benen te kunnen staan.

Wat... In hemelsnaam. Is er net gebeurd?

Ik wil Corey bellen en verslag uitbrengen, want het verhaal van vandaag is bijna net zo spannend geworden als dat van gisteren, maar ik durf niet. Tacone heeft overal camera's hangen en hij heeft al bekend dat hij zich gisteren heeft afgetrokken bij de beelden van mij. Het zou me niet verbazen als hij de beelden van vandaag ook bekijkt. En ik moet echt goed nadenken voordat ik mijn mond weer opendoe tegen hem.

Want hij gaf me net een ultimatum. Neem een beslissing. Ik weet niet wat alle gevolgen van die beslissing gaan zijn of wat het inhoudt, maar ik weet wel één ding -

Er zit veel te veel ja in mij om nee te zeggen.

∾

*Nico*

Ik ga terug naar de benedenverdieping.

Er zijn wel honderd redenen waarom ik niet moet rotzooien met de hete schoonmaakster van de kunstgeschiedenis, maar geen daarvan maakt het me gemakkelijk om de deur uit te lopen terwijl ze nog in mijn suite is.

Ik zal ervoor moeten zorgen dat ik er niet ben wanneer ze komt schoonmaken. Als ik ook maar een greintje fatsoen in me had, zou ik haar baas bellen en haar meteen terug laten sturen naar de benedenverdieping. Ik wacht even om te zien of mijn morele kompas het overneemt om die gedachte uit te voeren.

Helaas, gebeurt dat niet.

Sondra, Sondra, Sondra. Ik zal moeten hopen dat haar gezond verstand het overneemt.

Het is grappig; de enige keer dat ik zo voor een meisje viel, was toen ik twaalf was en geobsedeerd raakte door de vriendin van mijn broer, Trinidad Winters. Maar dat was gewoon mijn puberale lust die de hoogte inging. Trini was altijd in de buurt, ze reed mee in de auto als Gio me ophaalde, keek films op onze bank in minirokjes die haar lange benen toonden.

Sondra is niet zoals Trini. Ze is niet zoals Jenna, de maffiaprinses waarmee ik zou moeten trouwen. Ik date niet, maar ze is zeker niet zoals de meisjes die ik neuk - betaald of vrijwillig.

Ik wil meer van haar. Ik hou van de manier waarop ze ademloos en opgewonden werd. Er was niet veel voor nodig geweest om die knieën uit elkaar te krijgen en haar te laten zien hoe slecht haar smaak in mannen is.

Oh, ik zou haar laten gillen. Sondra plezieren zou makkelijk zijn - het meisje lijkt klaar om te knallen als vuurwerk. Ik zou haar de hele nacht wakker houden, terwijl ze mijn naam kreunt en ik zou de slaap niet eens missen.

Ik loop langs de tafels, op zoek naar Sondra's nichtje, Corey. Gewoon om haar eens te zien. Niet omdat ik geobsedeerd ben door dit meisje en alles over haar wil weten. Haar volledige achtergrondonderzoeken was noodzakelijk. Ik moest zeker weten dat ze niet voor een of andere oplichter werkt.

De Tacones hebben veel vijanden. Verdomme, ik heb waarschijnlijk zelfs vijanden binnen de Tacone familie. Ik run mijn Vegas afdeling van het bedrijf volgens de regels, maar er is een lange geschiedenis van geweld en misdaad die minstens drie generaties teruggaat tot de Chicago underground. En dan zijn er nog de vijanden uit de normale zakenwereld. Iedereen kan een femme fatale sturen om dicht bij me te komen, mijn geheimen te leren kennen en me erin te luizen.

En Sondra Simonson is precies het soort meisje dat ze zouden sturen.

Nee, dat is onzin.

Dat is ze niet. Ze lijkt in niets op een professional. Maar als m'n vijanden slim waren, als ze wisten wat me verraste, zouden ze Sondra Simonson sturen om me neer te halen.

Want het is zeker.

Ik zal mezelf niet kunnen tegenhouden om achter haar aan te gaan.

Ik vind Corey aan een blackjacktafel. Ik zie de gelijkenis. Ze is net zo mooi als Sondra, maar totaal niet mijn type. Lang, rood haar. Lange benen. Ze ziet er elegant en scherp uit. Handelt snel en netjes. Lijkt een goede aanwinst voor mijn casino te zijn.

Ze is gefocust op haar klanten, maar haar blik gaat door de ruimte, alles in zich opnemend. Inclusief mij. De volgende keer dat ze opkijkt, slaat ze het doorlopen van de kamer over en kijkt ze me recht aan. Ik loop naar haar tafel.

Er is niets van haar gezicht af te lezen, maar ik weet dat ze weet wie ik ben. Ze vraagt zich af wat ik aan haar tafel doe. Mijn aanwezigheid moet de klanten nerveus maken, want na een paar handen, wordt de tafel leeggehaald.

"Mr Tacone," mompelt ze zonder oogcontact te zoeken. Ze is zeer eerbiedig. Speelt het op de juiste manier.

Ik steek mijn handen in mijn zakken. Ik weet eigenlijk niet wat ik van haar wil. Wat meer informatie over Sondra, denk ik.

Aangezien ik niets zeg, zegt ze: "Je hebt mijn nicht gisteren bang gemaakt."

Ik knik. "Ja."

Ze vernauwt haar ogen terwijl ze naar me kijkt. "Je denkt toch niet dat je nog steeds bezorgd om haar hoeft te zijn?"

"Nee." Ik haal een hand over mijn gezicht. "Schaal van één tot tien - hoe getraumatiseerd was ze?"

Corey heeft een uitstekende pokerface. Je ziet niets - geen verbazing, geen woede. Niets. "Acht. Maar de bloemen en het geld hebben geholpen." Corey gaat tot het uiterste. "Een baan als dealer zou haar nog meer helpen."

Ik schud mijn hoofd. "Gaat niet gebeuren."

Ze richt haar blik zonder commentaar weer op haar kaarten, legt ze op tafel en draait ze in een perfecte golfbeweging heen en weer, om haar trucs te laten zien. Na een lang moment zegt ze: "Als je mijn baas niet was, zou ik je zeggen dat je bij haar uit de buurt moet blijven."

Ik vind haar moedig.

Ik haal een fiche van vijftig dollar uit mijn zak en leg het voor haar op tafel als fooi. "Dat kan ik niet."

4
---

*Sondra*

COREY EN IK RIJDEN SAMEN NAAR HET WERK DE WEEK ERNA. Ik hou ervan als we dezelfde uren hebben, maar zij haat het, omdat het betekent dat ze overdag werkt en ze verdient 's nachts veel meer.

Het is de eerste kans die ik heb om haar op de hoogte te brengen van het laatste nieuws over Tacone, en dat is niets.

"Dus je hebt hem niet meer gezien sinds de dag dat hij je kuste?"

"Nope. De volgende dag ging ik naar binnen en er lag een briefje van vijftig op de tafel. Ik heb het laten liggen. De dag daarna liet hij een briefje van honderd achter met mijn naam erbij."

"Je nam het mee, natuurlijk."

Ik wilde het niet. Ik was bang dat het iets zou betekenen. Dat als ik zijn geld aanneem, ik hem later iets schuldig ben. Maar ik kan het geld echt gebruiken. Ik heb minstens tweeduizend nodig voor een borg en de huur van de eerste maand. En nog eens drieduizend om een auto te kopen die rijdt.

"Ja. En een paar dagen later liet hij er nog eentje achter." Ik haal ze uit mijn tas en geef ze aan haar. "Hier."

Ze duwt mijn hand weg. "Waar is dat voor?"

"Voor mijn deel van de huur."

Ze rolt met haar ogen. "Hou het maar. Dan kun je sneller verhuizen." Ze geeft me een plagerige grijns.

"Ben je me beu?"

"Nee, eigenlijk vind ik het geweldig. Maar ik denk dat Dean het zat is om de woonkamer te delen. Hij houdt ervan om 's avonds films te kijken, weet je."

Ja, dat heb ik gemerkt. Dean is daar nog niet mee gestopt, ook al is de bank mijn bed. Hij blijft bijna elke nacht op tot één uur.

"En iedere keer wanneer we seks hebben, krimp ik ineen omdat de muren zo dun als papier zijn. Hoor je dat?"

Ik trek een gezicht. "Ja, soms." Ze hebben minstens één keer per dag seks, soms vaker. Ik zweer het, Dean is een seksverslaafde. Niet dat één keer per dag slecht is, maar ik snap niet waarom hij naar mij kijkt als hij genoeg van Corey krijgt.

"Ik denk dat hij een triootje wil."

"Ieuw. Corey!"

Ze lacht. "Ik heb hem gezegd, echt niet. Ik deel niet. Nooit. Zelfs niet met mijn liefste nicht die een soort zus voor me is."

Godzijdank.

Wat zou ik in hemelsnaam zeggen als ze het wel zou zien zitten?

Nou ja, walgelijk. Blijkbaar heeft mijn instinct over Dean gelijk.

"Dus terug naar Nico Tacone. Wat gaat er gebeuren als je hem weer ziet?"

Eh... hoe moet ik dat weten?

"Ik bedoel, je moet beslissen. Ik denk dat die man verliefd op je is. En zijn instinct wil je gebruiken, zoals hij alle vrouwen gebruikt, maar iets weerhield hem ervan."

"Hij denkt dat ik onschuldig ben of zo." Ik zeg onschuldig alsof het een vies woord is.

Corey grijnst naar me. Ze weet wel beter. "Er is iets aan jou dat zo overkomt. Ik haatte je er altijd om."

Ik kijk verbaasd. "Wat?"

Ze haalt haar schouders op. "Toen we kinderen waren. Ik bedoel, mijn vader was zo'n klootzak en ik vertrouwde echt niemand, maar jij was zo puur. Bij jou is het, wat je ziet is wat je krijgt. Dat is waarom je losers vertrouwt. Maar het is eigenlijk een geweldige kwaliteit."

Ik rol met mijn ogen. "Geweldig. Een geweldige eigenschap waardoor je me als kind haatte en ik met losers date. Klinkt als iets dat ik moet houden."

Haar ogen richten zich op mij. "Nee, echt. Ik hoop dat je het nooit verliest."

Ze klinkt zo serieus dat ik zwijg.

"Hoe dan ook, ik denk dat hij daar op reageert. Je hoort niet thuis in Vegas." Corey rijdt de oprit van de Bellissimo's op en gaat richting de achterste parkeerplaats voor werknemers. "En wat ga je doen als je hem ziet?"

Ik haal diep adem. Ik wil liegen en zeggen dat ik hoop dat ik hem helemaal niet zal zien, maar Corey kent de waarheid al. Ik haal mijn schouders op. "Ik zal hem volgen."

Corey parkeert en kijkt me aan. "Serieus? Heeft dat tot nu toe voor jou gewerkt?"

"Ik weet het, ik weet het, maar..." Maar het is een deel van de fascinatie. De manier waarop hij ieder moment van ons samenzijn domineert, zorgt ervoor dat mijn knieën week worden.

We stappen uit de auto en lopen samen het casino in via de dienstingang.

"Ik denk dat je moet beslissen. Als je voor hem wilt gaan, doe het dan. Zo niet, wees professioneel. Laat hem niet nog een keer met je sollen. Oké?"

Ik knik, maar ik ben nergens zeker van. Ik moet stoppen met deze baan. En snel. Voordat ik mezelf nog meer voor schut zet.

Mijn telefoon zoemt op het moment dat ik door de hal loop. Het is een vriendin uit Reno. Ze schreef dat Tanner langs is gekomen. Hij leek er echt kapot van te zijn. Hij smeekte me om je nieuwe nummer. Ik zei dat hij moest oprotten.

Oké. Echt kapot. Ha. Hij wil de auto terug.

Bedankt, sms ik terug. Ik wil zeker niets meer van hem horen.

Ik ga naar de kleedkamer om mijn roze schoonmaakjurkje aan te trekken. Zoals iedere dag deze week, voel ik een opwinding wanneer ik het aantrek, terwijl ik me herinner hoe Tacone de jurk heeft uitgetrokken.

Verdomme. Ik ben gefascineerd door deze kerel en hij zou mijn ergste vriendje tot nu toe kunnen zijn.

∽

*Nico*

"DE KLOOTZAK DIE JE BENT," snauw ik tegen mijn oudste broer, Junior, door de telefoon. Hij heeft me net verteld dat hij tien kerels naar Vegas stuurt om de cocaïnehandel hier over te nemen.

"Wil je dat nog eens proberen?"

"We hadden een afspraak. Ik regel de dingen hier zodat jouw geld kan worden witgewassen. Ik wil niet dat de politie van Vegas of de Federale in mijn nek hijgen omdat jij je aandeel in de verkoop van straatdrugs wilt vergroten. Dat is het niet waard."

"Ik beslis wat de moeite waard is en wat niet."

Ik zwijg als ik het er niet mee eens ben. Junior is niet de baas van de zaak. Onze vader is de baas, maar hij zit momenteel nog vier jaar in de gevangenis door belastingfraude.

"Nee, Junior," zeg ik na een pauze. "Ik heb hier al genoeg aan mijn hoofd. Ik ken deze stad. Ik ken de politie. Ik ken de burgemeester. Het risico kan niet op tegen de beloning."

"Misschien heb je mij dan nodig om je te komen helpen met het runnen van je zaak."

"Fuck you." Ik knijp mijn ogen dicht, want ik zou zo echt niet tegen mijn broer moeten praten en als ik de boel niet de-escaleer, trek ik mijn ballen nog uit mijn reet. "Luister, J - het spijt me. Dat was respectloos. Ik meende het niet."

Junior maakt een geluid in zijn keel.

"Je bent toch tevreden met de manier waarop ik de dingen hier regel? Ik verdien veel geld voor La Famiglia, toch?" Er kan geen twijfel bestaan over zijn antwoord. Ik verdien vier keer zoveel als al hun illegale activiteiten in Chicago en alles wat ik hier doe is volgens de regels.

Hij maakt nog een bevestigend geluid.

"Dus vertrouw me alsjeblieft. Het spijt me dat ik zo'n eikel was. Ik ben het gewoon om hier mijn eigen baas te zijn. Maar ik weet wat er werkt in mijn stad. Cocaïne dealen is te riskant. Te veel gedomineerd door de Latijns-

Amerikaanse bendes. En het kan een bedreiging vormen voor alles wat ik hier heb, hè?

"Je bent een watje."

Ik moet moeite doen om mijn kalmte te bewaren. Ik geef geen antwoord op zijn belediging.

Junior wacht nog even en zegt dan: "We hebben het er wel over wanneer ik daar ben."

Ik verstijf. "Wanneer is dat?"

"Volgende week. Ma wil voor de winter verhuizen. Ze zegt dat ze je te veel mist. Ik denk dat ik mee zal komen om een huis voor haar te vinden."

Ik sta op het punt om te snauwen dat ik ook een huis voor haar kan vinden, maar ik krijg het voor elkaar om mijn mond te houden. Hij wil naar hier komen om me te overtuigen. Ik kan er maar beter voor zorgen dat ik mijn hoofd helder krijg voordat hij hier is. Zijn rotzooi uit Vegas houden is mijn eerste prioriteit.

*~*

*Sondra*

Ik neem de lift naar de bovenste verdieping. Iets dwingt me om eerst naar Tacone's kamer te gaan - een soort zesde zintuig zegt me hij er deze keer zal zijn. Ik klop op de deur, maar hoor niets. Tot zover mijn intuïtie.

Ik laat mezelf binnen en ga aan het werk.

Het is leeg, net zoals de afgelopen week. Een krakend briefje van vijftig ligt op tafel met een nota waar mijn naam op staat. Als ik zo doorga, verdien ik genoeg om aan het eind van de maand bij Corey weg te gaan.

Wat, nu ze me vertelde over Deans interesse in een triootje, nog noodzakelijker is.

Ik laat het geld op de tafel liggen tot ik klaar ben. Het is voor goed geleverd werk en ik zorg ervoor dat ik mijn best doe voor ik het geld aanneem. Ik maak de badkamers en slaapkamer schoon en ga naar de werkkamer. Ik eindig als laatste in het kantoor. Omdat Marissa er zo paranoïde over was, blijf ik ver van het bureau vandaan. Ik stof de boekenkasten af, gooi de vuilnisbak leeg en stofzuig. Omdat ik een spinnenweb zie in de bovenhoek van het raam, pak ik de bezem om het weg te vegen. En op dat moment stoot het andere eind van de bezem iets om dat op Tacone's bureau staat.

Ik spring op en draai me om, en zie dat er koffie op de papieren ligt.

Oh shit.

Shit, shit, shit.

Ik ren om mijn poetsdoeken en kom terug om alles zo snel als ik kan op te ruimen. Maar het is te laat. De helft van de papieren op zijn bureau zijn doorweekt, vol met bruine vlekken.

Wat moet ik doen?

Ik haal ze uit elkaar en leg ze afzonderlijk te drogen, terwijl ik probeer om niet naar de inhoud te kijken. Ik hoor deze dingen niet te zien.

"Wat krijgen we nou?"

Een kleine gil verlaat mijn lippen en ik stoot de nu lege koffiemok weer om.

Tacone verschijnt in de deuropening, zijn gestalte dreigender dan ooit. Zijn ogen glimmend zwart, een spier spant op in zijn kaak.

"Oh God..." Ik zet de koffiemok weer recht. "Het spijt me zo. Ik heb je koffie omgestoten en over alles heen gegoten. Ik weet dat we de bureaus niet mogen aanraken - ik was het zeker niet van plan, maar..."

Tacone komt dichterbij, zijn achterdochtige ogen

kijken naar het bureau, de vloer, mijn lichaam, de ruimte. Hij heeft nog steeds wallen onder zijn ogen, alsof hij niet geslapen heeft.

"Ik heb nergens naar gekeken - ik zweer het."

In een flits klemt hij zijn grote hand van achteren om mijn keel en pakt losjes de voorkant van mijn hals vast. Hij trekt me naar achteren, zodat mijn kont tegen zijn benen botst. "Wat heb je gezien?" Zijn stem is laag en gevaarlijk, maar de hand in mijn nek is meer een streling dan een bedreiging, vooral wanneer zijn duim lichtjes langs mijn pols beweegt.

Ik sluit mijn ogen. "Niets," zeg ik. "Ik heb niets gezien. Ik zweer het."

"Nieuwsgierigheid wordt je niet vergeven, Sondra." Zijn stem is pure seks. Totale verleiding. Zijn adem blaast warm langs mijn oor. De harde spieren van zijn lichaam drukken tegen mijn zachte lichaam. "Vertel je me de waarheid?"

"Ja." Het komt eruit als een halve kreun, halve zucht, maar niet omdat ik bang ben. Ik ben helemaal opgewonden.

Tacone's andere arm glijdt rond mijn middel. Zijn hand komt plat op mijn buik te liggen en gaat langzaam naar beneden. "Je enige zonde is onhandigheid?"

"Ja, meneer."

Hij vindt het leuk dat ik hem meneer noem. Ik weet niet hoe ik dat weet, maar ik weet dat hij het leuk vindt.

Stroomstoten gieren door mijn lichaam, ze verlichten het van binnenuit en ik zweer dat ik de antwoordende energie in zijn cellen voel. Mijn slipje is niet gewoon vochtig - het is doorweekt.

"Ik denk dat dit alleen maar om een kleine correctie vraagt." Hij bijt zachtjes in mijn oor.

Mijn hart bonst, waarschijnlijk zo hard dat hij het door

mijn rug kan voelen.

"Zet je handen op het bureau."

Mijn maag draait om. Oh mijn god, gaat hij me een pak slaag geven? Een rilling loopt door me heen. Hij is ook opgewonden. Zijn pik drukt in mijn rug en zijn adem raspt in en uit net zo snel als de mijne. Hij laat me los en doet een stap achteruit. Ik gehoorzaam en buig vooraver om mijn handpalmen plat op het bureau voor me te laten rusten.

Ik hoor een diep gegrom van goedkeuring achter me. Zijn twee handen grijpen mijn heupen en hij trekt me naar zich toe, mijn kont nog verder naar achter. Hij laat zijn handen langzaam langs de stof van mijn rok glijden, streelt mijn rondingen voor hij me loslaat. "Je mag je uniform aanhouden." Zijn stem is onwaarschijnlijk diep. "Alleen omdat ik deze keer, als ik die rits weer omlaag doe, me niet zal inhouden."

De vloer beweegt en een golf van duizeligheid overspoelt me en dan val ik terug in de realiteit op het moment dat zijn handpalm op mijn kont terechtkomt.

Smak.

Ik hijg en deins automatisch opzij, maar dan zet ik me weer in positie. Ik blijf stil staan voor zijn straf.

"Mm. Ik wist dat deze kont een pak slaag waard was," mompelt hij.

Hij slaat op de andere bil. Hard. Ik moet mijn lippen sluiten tegen het gepiep dat in mijn keel opkomt. Nog een klap, en nog een. Het is een beetje te veel, maar net als ik op het punt sta te protesteren, begint hij over mijn pijnlijke billen te wrijven, de prik wordt weggemasseerd.

Ik hijg, mijn poesje trekt samen, mijn hart klopt snel.

Tacone streelt langs mijn heup tot hij bij mijn blote dij komt. Hij begint langs mijn been omhoog te glijden, onder de uniformrok, stopt dan en trekt de zoom van mijn jurk lager. "Je kunt beter weer aan het werk gaan voordat ik te ver ga."

Uhhh...wat? Ik ben veel te opgewonden om gewoon mijn jurk naar beneden te trekken en weer aan het werk te gaan. In feite, het idee alleen al maakt me kwaad. Als een vrouw blauwe ballen kon krijgen, zou ik ze hebben. Mijn clitoris klopt, mijn tepels zijn harde, gevoelige punten.

Ik til mijn bovenlichaam op en draai me om voor een confrontatie. Voor ik kan spreken, grijpt hij me bij mijn nek en houdt me gevangen voor een kus. Harde lippen bewegen zich over de mijne met een verwoestende intensiteit. Hij zuigt mijn onderlip in zijn mond, bijt er zachtjes in. Zijn tong glijdt tussen mijn lippen.

Ik kreun en kus hem terug, dankbaar voor het bureau dat mijn kont ondersteunt, anders zou ik omvallen.

"Bellissima," mompelt hij terwijl hij zich terugtrekt. "Ik kan mijn handen niet van je afhouden."

Niet nodig, jammert mijn wellustige innerlijke slet.

Maar met een gepijnigde blik laat hij me los en hij zet een stap terug. "Ga door." Hij draait me om en geeft me een smak op mijn kont als afscheid.

Een storm van emoties overspoelt me - vernedering vermengt zich met lust en verandert in bloedhete woede.

Oké. Hij wil met me spelen?

Prima.

Dit spel zullen we met z'n tweeën spelen.

*~*

*Nico*

Ik ga aan mijn bureau zitten en probeer niet te kijken naar de opgewonden, boze vrouw die door mijn suite paradeert.

Het lijkt erop dat ik voorbestemd ben om me ongepast te gedragen in het bijzin van Sondra Simonson. Mijn handen van haar afhouden is onmogelijk. Ik heb geprobeerd om weg te blijven - Madonna, ik heb het geprobeerd. Maar hier is ze en ze geeft zich weer aan me over met diezelfde bange maar opgewonden vibe die me gek maakt.

Ik heb nooit veel aandacht besteed aan wat ik voel voor dominante vrouwen.

Oh, ik heb graag de leiding - daar bestaat geen twijfel over. Maar dat betekent gewoon dat ik het voor het zeggen heb. Daarom gebruik ik normaal professionals die doen wat ik zeg, zonder vragen te stellen. Maar geen van hen trilt en hijgt zoals Sondra. Geen van hen heeft ooit echt op mij gereageerd. Geen van hen heeft die woede laten zien die zij net toonde toen ik niet doorging.

Als ze eens wist dat ik goed wilde doen door haar vrij te laten. Ik had haar in de eerste plaats niet moeten slaan.

Maar die kont!

Die sappige, lekker kont.

En de schattige geluidjes die ze maakte toen ik er op sloeg.

Ik druk hard tegen mijn pik door mijn broek heen en kijk hoe Sondra's heupen heen en weer zwaaien wanneer ze met een stofdoek langs mijn deur loopt. Haar lippen zijn gezwollen van onze kus. Ik proef nog steeds de zoetheid van haar op de mijne. Zoals aardbeien en groene thee. Ik wil haar overal proeven.

Ik kon niets anders doen dan mijn pik eruit te trekken en haar hier, boven mijn bureau, hard en snel te nemen. Dat zal haar leren om geen koffie op mijn papieren te morsen.

Verdomme. Ik word gek.

Een klein deel van me maakt zich nog steeds zorgen dat ze niet eerlijk is. Maar dat moet ze wel zijn. Ik heb alles uitgezocht. Zo te zien, is ze een onschuldige, middenklasse schoonheid uit Marshall, Michigan. Ze was een goede studente die met grote onderscheiding afstudeerde aan een kleine particuliere kunstacademie en daarna een Master in de kunstgeschiedenis haalde aan de Universiteit van Wisconsin. Haar ouders wonen nog steeds tegenover de moeder van haar nicht Corey. Corey's vader is een politieagent. Dat hoorde we toen we haar een baan gaven. Maar ze lijkt vervreemd te zijn. En ze werkt al bijna een jaar voor ons zonder verdacht gedrag.

Ik kon geen enkele leugen of reden tot ongerustheid vinden over Sondra, tenzij ik haar ex-vriendje erbij betrek, die een kleine ecstasydealer blijkt te zijn in Reno. Maar ze zei al dat ze een slechte smaak heeft wat mannen betreft.

Sondra gaat bij mijn boekenkast staan, zodat ik op de eerste rij zit voor haar achterwerk, dat zo liefdevol wordt bedekt door haar uniformjurk dat ik een enorme bonus wil sturen naar degene in mijn team die deze bijzondere stijl heeft uitgekozen.

Ze wiebelt met haar kont terwijl ze met haar poetsdoek over het hout gaat.

Oh God. Doet ze dat met opzet?

Ze buigt haar middel om de plank voor haar af te stoffen. Als ze op haar handen en knieën gaat zitten en haar rug kromt om de onderste plank af te stoffen, weet ik zeker dat het allemaal voor mij is.

Mijn controle, wat al een rafelige draad was, breekt. Ik sta op van het bureau en loop naar haar toe.

"Is die kleine show voor mij, piccolina?" Ik herken mijn stem nauwelijks, het klinkt zo schor.

Ze kijkt over haar schouder met spottende onschuld.

Dat is wat me van slag maakt - die grote blauwe ogen kijken me aan met een sexy aantrekkingskracht.

Ze draagt haar haren vandaag in een warrige knot en ik wikkel mijn hand eromheen en trek haar op haar knieën. Ik zit al op de grond achter haar, maar ik kan me niet herinneren hoe ik daar terechtgekomen ben. Ik sla mijn arm om haar heen en omklem haar bezitterig, terwijl ik haar hoofd nog steeds tegen mijn schouder druk.

"Probeer je me gek te maken, Sondra Simonson?" Ik wrijf over haar spleetje en ontdek dat haar slipje al vochtig is van opwinding. "Ik denk niet dat je begrijpt wat je nu gaat veroorzaken." Mijn vingers glijden onder het kruisje van haar slipje om contact te maken met haar natte huid.

Ze laat weer zo'n diepe zucht horen die me gek maakt.

"Ik begrijp het." Ik druk mijn lippen tegen haar oor en spreek terwijl ik een langzame cirkel rond haar gezwollen clitoris maak. "Het was niet eerlijk van me om je te slaan zonder je een beloning te geven, of wel?"

Ze kreunt.

Ik duw één vinger in haar natte gleuf.

Ik laat haar los en beweeg mijn hand om deze in de ritsopening van haar jurkje te laten glijden.

Ze schudt en beeft al, staat op het punt om klaar te komen.

"Ik zou je moeten neuken tot je tanden klapperen omdat je me zo opgewonden hebt gekregen." Ik krul een tweede vinger in haar en duw zachtjes. "Maar ik veronderstel dat ik je deze bevrijding schuldig ben, nietwaar?"

Haar poesje is zo nat en ontvankelijk dat mijn ogen terugrollen in mijn hoofd. En dat is alleen maar van haar te vingeren. Ik zal echt gek worden wanneer ik mijn pik in dit meisje stop.

"Mag ik goedmaken dat ik je heb laten schrikken de eerste keer dat we elkaar ontmoetten, bambina?"

Haar enige antwoord is een ademloze kreun.

Ik trek mijn vingers uit haar en duw ze hard in haar poesje. "Is dat oké? Antwoord me met woorden, schatje."

"Ja!" Er is verbazing en ergernis in haar stem te horen en meer dan een beetje wanhoop. Het doet me glimlachen.

"Goed zo meisje." Ik raak haar clitoris aan. Ik wil haar zo graag proeven, zeker nu ik besloten heb dat het mijn plicht is om haar te belonen. Ik laat haar los en leg mijn handen op haar heupen, terwijl ik haar zachtjes leid. "Kruip daar naar de bank, schatje. Ik moet je slipje uittrekken."

Er is geen aarzeling. Ze is helemaal van mij. Ze gehoorzaamt zonder enige verlegenheid, kruipt naar de bank, stopt dan en draait zich om, waarschijnlijk om te zien hoe ik haar wil. Fuck, dit meisje maakt me gek.

Ik duw haar bovenlichaam op de zitting van de bank en trek de rok van haar jurk omhoog. Dit is hoe ik haar al eerder wilde. Haar kont bloot voor een pak slaag.

Ik trek haar slipje langs haar dijen naar beneden en ze krabbelt omhoog om het uit te trekken. Alleen een paar rode vlekken zijn nog zichtbaar op de plaats waar ik haar eerder sloeg. Ik hou me niet in. Ik sla haar op haar kont, de harde klap van mijn hand tegen haar blote vlees weergalmt door de kamer. Ik geef haar vijf harde klappen, stop dan en begin te wrijven.

Ik kan aan haar gehijg horen dat het pijn deed, dus ik leun voorover en kus elke bil. "Gaat het, schatje?"

"Um..."

"Wil je meer, of was dat genoeg?"

Ze is even stil en ik word er ziek van dat ik te ver ben gegaan, maar dan zegt ze met een klein stemmetje: "Nog een beetje."

"Dat is mijn meisje." Ik geef er haar nog drie en wrijf dan over haar roze huid. Ik wil haar nu echt neuken. En ik bedoel haar neuken op de vuilste, smerigste manier. Zoals haar bij de haren vasthouden en op haar inbeuken tot ze om genade schreeuwt.

Maar dat ga ik niet doen.

Ik beloofde haar een beloning en ik ben van plan die te geven.

"Ga op de bank zitten en doe die sexy dijen wijd open," zeg ik.

Ze krabbelt overeind om te gehoorzamen en ik krijg een goede blik op haar gezicht. Haar wangen zijn blozend, haar ogen glazig. Haar haren zijn slordig en ze heeft een net geneukte blik in haar ogen. Het is een foto die ik iedere verdomde dag zou willen zien voor de rest van mijn leven.

Maar dat is geen optie.

Hou je in, Nico.

Ik kan dit meisje niet krijgen. Ik bedoel, ik zou het kunnen. Ik ben Nico Tacone, eigenaar van de Bellissimo, capo van de Tacone misdaadfamilie van Chicago. Ik kan alles krijgen wat ik verdomme wil.

Maar ik kan het niet.

Niet dit meisje.

Ze verdient een echte man. Iemand met wie ze kan trouwen en kunsthistorische baby's kan krijgen. Niet een criminele baas die al sinds zijn geboorte aan een ander gekoppeld is.

Ik duw haar knieën wijd open en krijg een voorproefje van dat roze hart waar ik over fantaseerde.

Ik moet proeven.

Ik steek mijn handen onder haar dijen om haar kont vast te pakken en trek haar dichter naar me toe, recht naar mijn mond.

De kreun die ze uitbrengt bedwelmt me. Ik neem een lange, langzame lik, waarbij ik haar schaamlippen van elkaar scheid terwijl ik naar boven ga, naar haar clitoris. Ze schokt op het moment dat ik er contact mee maak en maakt een behoeftig, jankend geluid.

"Is dat waar je me wilt, schatje?"

Ze haalt haar vingers door mijn haar. "J-ja, alsjeblieft."

Ik streel haar clitoris herhaaldelijk met het puntje van mijn tong. "Zo zoet. Je smaakt zo heerlijk, schatje. En je vroeg het zo lief." Ik maak mijn tong plat en maak nog een lange beweging, dan maak ik hem puntig en dring bij haar naar binnen. Haar sappen lopen op mijn tong, pittig en glibberig. Ik houd haar bekken nog meer in bedwang en til haar op, zodat ik ook haar anus kan likken.

Ze gilt, maar ik houd haar dijen uit elkaar zodat ze die niet dicht kan klemmen, niet weg kan van de marteling van genot die ik haar wil geven. Ik bijt zachtjes in haar schaamlippen, zuig eraan. Ik weet dat ik haar snel kan laten klaarkomen. Ze is al klaar om te ontploffen, maar hoe langer ik haar weerhoud, hoe groter haar orgasme en om de een of andere reden voel ik me strijdlustig, alsof ik wil dat dit het beste orgasme van haar leven wordt.

Misschien omdat ik weet dat ik haar niet kan houden.

En ik wil haar verdomme echt houden.

Ik steek één vinger in haar terwijl ik haar clitoris streel. Ze kronkelt erover, probeert me dieper te nemen. Gulzig klein ding. Ik doe er een tweede vinger bij, sluit mijn lippen rond haar kleine knopje en zuig.

Ze gilt, maar ik trek me terug, laat haar clitoris los en duw met mijn vingers.

"Oh," hijgt ze. "Alsjeblieft. Oh alsjeblieft, oh... N-Nico."

Ik vind het heerlijk dat ze mijn naam zei, nog heerlijker dan toen ze me meneer noemde.

Ik hou er vooral van dat ze mijn naam kreunt met haar ademloze neuk-me stem. Ik vertraag de beweging en in plaats daarvan krul ik mijn vingers om haar binnenwand te prikkelen, op zoek naar haar G-plek. Haar ogen gaan wijd open wanneer ik die vind, iets wat op paniek lijkt. Ze kronkelt met haar bekken op de leren bank. Ik duw mijn vingers zo dat ik iedere keer de G-plek raak en ze slaakt een kreet, haar vingers rukken aan mijn haar.

"Dat is het, schatje. Kom klaar voor mij."

Haar sappen druipen over mijn vingers en haar poesje knijpt samen, haar bevrijding pulserend in snelle vlagen. Ik laat haar klaarkomen en masseer dan haar poesje met mijn vingers, langzaam in en uit en eromheen, in haar bewegend, daarna trek ik mijn vingers terug en laat ze op en neer langs haar gleufje glijden. Ze huivert nog van de ontlading.

Ze ziet er prachtig uit. Haar blonde haar ligt slordig en schattig om haar heen op de bank. Haar ogen zijn glazig, met zware oogleden.

Mijn pik klopt.

Maar ik kan het niet.

~

*Sondra*

NICO STAART ME AAN ALS EEN UITGEHONGERD DIER, hij lijkt bijna gepijnigd van verlangen. Hij haalt zijn vingers van me af en wrijft met zijn duimen cirkeltjes langs mijn binnenste dijen. Ik ben gevoelloos door het genot van mijn orgasme. Zelfs zonder seks, moet ik zeggen dat dit het beste hoogtepunt was dat ik ooit heb gehad. Alles in deze ontmoeting maakte het heet, te beginnen met het feit dat Nico me op de dag dat we elkaar ontmoetten gefouilleerd heeft, me daarna een pak slaag gaf en nu dit. Combineer dat met Nico's opmerkelijke vakkundigheid en oprechte interesse in mijn plezier, en ik betwijfel of deze seksuele ervaring ooit overtroffen zal worden.

En aangezien dat hij nog niet bevredigd is, denk ik niet dat het al voorbij is.

Hoeveel beter zal het nog worden?

"Dank je," zeg ik wanneer ik weer kan praten. Mijn keel doet pijn van het schreeuwen, iets wat ik normaal niet doe.

Nico's glimlach lijkt bijna droevig. "Je bent zo verdomd lief." Zijn handen dwalen omhoog naar mijn borsten. Hij doet de rits van mijn jurkje naar beneden en haalt mijn borsten uit de cups van mijn bh. Hij knijpt in mijn beide tepels tegelijk, harder dan ik gewend ben. Mijn oogleden gaan wijd open en energie schiet door mijn lichaam bij de lichte pijn.

"Ga weg uit Vegas, Sondra Simonson."

Dat was het laatste wat ik verwachtte dat hij zou zeggen nadat hij me tot een orgasme had gebracht met zijn sluwe mond en vingers. Nog voor hij klaargekomen is.

Hij blijft mijn borsten strelen, knijpt erin, streelt mijn tepels. Hij buigt zich over me heen om met zijn tong over een stijve tepel te gaan. "Je bent een te helder licht voor een louche plek als deze. Het zal je besmeuren." Nog een haal van zijn tong. "Ik zal je besmeuren."

Zijn woorden komen niet overeen met zijn daden, dus mijn hersenen komen langzaam op gang. Wat wil hij me vertellen?

"Je kwam hier voor een nieuwe start. Je nicht is hier. Ik begrijp het. Maar je had naar huis moeten gaan, naar Marshall, Michigan, schat."

Het zou me niet moeten verbazen dat hij weet waar ik vandaan kom, maar als ik het hoor, loopt er een rilling over mijn rug. Het is deels angst - of het besef hoe gevaarlijk deze man is. Hoe grondig hij mij heeft nagetrokken. Maar het is ook opwindend om het onderwerp te zijn van zo'n intens onderzoek. Want het is duidelijk dat hij me leuk vindt.

Hij kijkt me indringend aan terwijl hij aan mijn tepels trekt. Er schuilt een strijd in zijn uitdrukking, of spanning, en die groeit exponentieel met elke seconde. Plotseling wordt alles harder. Zijn kaak wordt strakker, zijn focus wordt staalhard. "Ik geef je geld voor een nieuwe start." Hij geeft me een stomp op mijn borst en ik schreeuw het uit van verbazing. "Het is geen betaling voor seks, denk dat niet." Hij wijst met een waarschuwende vinger naar me. "Ik wil dat je het aanneemt en de stad uit gaat. Kom niet terug, piccolina."

Ik kom eindelijk over de loomheid van mijn orgasme heen en druk me met mijn rug tegen de bank waar ik ben ingezakt. "Wat zeg je nu?" Ik kijk hem fronsend aan. Ik kan er niet achter komen of hij me bedreigt of probeert te helpen. Ik kan er maar niet achter komen wat hier in vredesnaam aan de hand is.

Nico beweegt in een flits en grijpt me onder mijn oksels. Plotseling lig ik horizontaal op de bank en doemt hij boven me op. Hij slaat weer op mijn borst en ik kronkel onder hem, mijn heupen gaan omhoog om de zijne te ontmoeten. "Ik zeg..." Hij wrijft met de rug van zijn hand over zijn mond. "Ik zeg dat je hier weg moet gaan. Ik verlang veel te veel naar je, bambina. Dit is de laatste kans die ik je geef om te vluchten." Zijn ogen glinsteren donker en gevaarlijk. "Als je nog een voet in deze suite zet, eis ik je op als de mijne. Ik keten je vast aan mijn bed en neuk je elke verdomde minuut van de dag."

Ik lig stil onder hem. Mijn hart bonst tegen mijn ribben. Ik zou liegen als ik zei dat zijn woorden me niet opwinden. Oh, ik hoor het gevaar eronder. De dreiging. Maar ook, zoveel verlangen.

Ik ben nog nooit zo begeerd geweest door een man. Ik ben altijd het soort zielige, ondergewaardeerde vriendinnetje geweest. Degene die haar man betrapt op vreemdgaan met meerdere vrouwen.

Wetende dat hij me zo graag wil, geeft me een gevoel van warmte. Met kracht.

Hij knikt één keer. "Je begrijpt me." Hij maakt zich van me los en staat op. Met de zachtheid van een ouder die een klein kind aankleedt, schuift hij mijn beha terug over mijn borsten en ritst mijn jurk weer dicht.

Hij staat boven me, net zo donker en afschrikwekkend als hij die eerste dag was. "Ik laat je gaan, Sondra Simonson." Het is een aankondiging - alsof hij een soort god is, wat hij in zijn wereld ook is. Ik kan me voorstellen dat zijn werknemers op hun knieën vallen als hij spreekt. "Vlucht nu het nog kan. Want als ik eenmaal besloten heb dat je van mij bent, zal ik je vernietigen. Wees daar maar zeker van." Hij staart me nog even aan, zijn keel maakt een geluid en daarna draait hij zich om.

Zijn schouders zakken ineen wanneer hij mijn weggegooide slipje van de vloer opraapt en aan mij overhandigt.

Mijn maag zit in de knoop en draait zich om. De energie tussen ons is verwarrend. Er is zoveel in zijn woorden om te doorgronden. Hij laat me gaan. Geeft me een uitweg. Of doet hij me een aanbod? Of een ultimatum?

Ik kom er niet uit en ik wil daar plotseling weg. Ik trek mijn slipje aan zonder hem aan te kijken en sta op. Ik loop naar de deur, hij komt bij het karretje naast me staan en duwt me een keurig ingepakt stapeltje biljetten van honderd dollar toe. "Neem maar," zegt hij.

Ik deins achteruit alsof hij me een klap heeft gegeven.

"Het is geen betaling, het is een cadeau. Begin ergens anders opnieuw. Niet in mijn casino."

Ik negeer hem en duw mijn karretje naar de deur.

Hij pakt mijn arm en draait me om. "Sondra. Neem het." Zijn chocoladebruine ogen smeken.

Mijn ogen branden en ik schud mijn hoofd. "Ik wil je geld niet." Mijn keel is schrapend, hoewel ik geen reden heb om boos te zijn. Hij bezorgde me een orgasme en bood me geld aan, wat ik goed zou kunnen gebruiken. Waarom heb ik dan het gevoel dat ik net gebruikt en gedumpt ben?

"Neem het alsjeblieft aan. Het is niets voor mij en het zal je mogelijkheden geven. Ik wil gewoon dat je een aantal opties hebt, Sondra. Ik wil niet dat je keuzes maakt waar je spijt van krijgt."

Ik trek mijn wenkbrauwen op. "Zoals wat ik net met je deed?" Snauw ik. "Nou, daar is het te laat voor."

Ik weet niet waarom ik boos ben, maar dat ben ik. Ik denk dat het aanbod van geld alles een beetje verpest. Of misschien ben ik boos omdat hij denkt dat hij beslissingen over mijn leven kan nemen zonder het met mij te overleggen. Hoe dan ook, ik heb het gehad. Ik wist dat de verliefdheid die ik voor Nico Tacone voelde een vergissing was en dat moet ik nu toegeven voordat ik nog meer gekwetst word.

"Sondra." Zijn stem heeft zoveel stille kracht dat ik stop, met mijn hand op de deurklink.

"Het spijt me als ik je gekwetst of vernederd heb. Dat was niet mijn bedoeling."

Ik weet niet waarom ik verbaasd ben om zo'n emotionele volwassenheid te horen van een maffiabaas, maar het is zo.

Ik haal mijn schouders op. "Ik kom er wel overheen." Ik trek de deur open en duw mijn karretje naar buiten.

"Van de rest heb ik geen spijt," hoor ik hem zeggen op het moment dat ik de deur dicht doe.

# 5

*Nico*

Ik ben chagrijnig en klaar om mijn vuist door de muur te slaan de eerste dertig minuten nadat ze is weggegaan.

Ik heb haar pijn gedaan. Ik kon het zien, op haar gezicht. Ik probeerde verdomme het juiste te doen, maar zij zag dat niet zo.

En op de een of andere manier is haar kwetsen ongevoeliger dan al het andere. Maar de echte vraag is - waarom was ze gekwetst? Omdat ik haar geld gaf? Heb ik haar het gevoel gegeven dat ze een hoer was? Ik probeerde duidelijk te zijn dat het niet was omdat ze me in haar slipje liet. Of was het iets anders? De afwijzing?

Verdomme, dat verdient ze niet.

En dan neemt de behoefte om het goed te maken het weer over, het is veel sterker dan mijn verlangen om het juiste voor haar te doen. Of misschien ben ik gewoon een hebzuchtige klootzak die doet alsof hij iets geeft om iemand anders dan zichzelf.

Ik kan niet uit de buurt blijven van Sondra Simonson.

Ik pak mijn telefoon en bel de beveiliging. "Ik heb de locatie nodig van een werknemer." Alle naamplaatjes van onze werknemers hebben traceerapparatuur en de informatie over waar ze zijn in het casino is makkelijk te achterhalen. Het wordt ook opgeslagen, zodat we weten waar iedereen is geweest in het geval van een incident.

"Natuurlijk, Mr Tacone, naar wie bent u op zoek?

"De naam is Sondra Simonson. Ze werkt in het schoonmaakteam."

Een pauze. "Het spijt me, meneer Tacone, het lijkt erop dat ze zich buiten het gebouw bevindt."

Fuck. Ze heeft ontslag genomen.

Ik vroeg haar dat te doen. Ik zou niet het gevoel moeten hebben dat ik mijn bureau moet omgooien of mijn stoel door de glazen deur naar mijn balkon moet slingeren.

Ze is slim. Ze heeft naar mijn waarschuwing geluisterd.

Voor de zekerheid leg ik op en bel de manager van het schoonmaakteam. "Ik ben op zoek naar één van uw medewerkers - Sondra Simonson. Is ze aan het werk vandaag?"

"Het spijt me, Mr Tacone, ze zei dat ze zich niet goed voelde. Ik heb haar vroeger naar huis laten gaan. Ik stuur Jenny naar boven om de penthouse suites schoon te maken. Sondra vertelde me dat ze klaar was met de uwe, is dat niet juist? Is er nog iets wat u nodig heeft?"

Ze nam geen ontslag. Ze ging ziek naar huis.

"Nee, alles is in orde." Ik beëindig het gesprek en staar naar mijn telefoon. Het idee dat Sondra zo overstuur is dat ze weggaat, maakt dat ik haar achterna wil lopen. Maar ik ben ook opgelucht dat ze geen ontslag heeft genomen.

Wat betekent dat?

Denkt ze erover om terug te komen? Nadat ik haar duidelijk heb gemaakt wat er dan zou gebeuren? Verdomme.

Ik wil haar echt niet beïnvloeden. Maar ik moet die eventuele gekwetste gevoelens wegnemen.

Ik bel naar de bloemist in het casino. "Ik wil drie dozijn rozen buiten het casino laten leveren, meteen."

"Natuurlijk, Mr. Tacone. Waar moeten ze naartoe?"

Ik pak Sondra's dossier en lees haar adres voor.

"Kleur?"

"Kies jij maar."

"Notitie op het kaartje?"

Ik aarzel. Wat moet ik in godsnaam zeggen? Ik blaas mijn adem uit. "Wat dacht je van... Mag ik je vanavond mee uit eten nemen? En onderteken het, Nico."

"Perfect, Mr. Tacone, ik zal ze meteen laten bezorgen."

"Dank u."

Ik hang op.

Waar ben ik mee bezig? Nu wil ik haar mee uit eten nemen? Nadat ik haar net probeerde te bevrijden? Verdomme. Ik ben zo in de war door deze vrouw, het is gênant.

Ik ben helemaal verliefd op een vrouw die ik waarschijnlijk zal kapotmaken.

∽

*Sondra*

Ik neem de bus naar huis. Ik ging niet langs Corey om te zeggen dat ik wegging omdat ik mijn hoofd op orde moest krijgen. Ik wilde haar vragen niet beantwoorden over wat er gebeurd is en wat ik ga doen.

Ik zou eigenlijk ontslag moeten nemen.

Hij heeft duidelijk gemaakt dat ik moet opstappen.

Hij heeft ook duidelijk gemaakt hoe graag hij me wil. Niet zomaar voor één keer en klaar.

Hij wil me houden.

Tenminste, dat is wat ik begrijp van zijn dreigementen.

En dat, verdomme, trekt me op een bepaalde manier aan. Ik heb nog nooit een man gehad die zo gek op me was. Ik was het meisje waar je makkelijk van weg kon lopen. Makkelijk te misleiden.

En een deel van mij denkt dat ik hem moet uitdagen en morgen gewoon moet verschijnen. Hem uitdagen om zijn dreigement waar te maken.

Maar de rest van me kan niet nog zo'n emotionele achtbaan aan. Het bezit en dan de afwijzing.

Ik stap uit bij mijn halte en loop de zes blokken verder naar Corey's huis.

En... verdomme. Deans auto staat daar. Ik hoopte echt dat ik het huis voor mezelf zou hebben. Ik ben letterlijk nog nooit alleen geweest sinds ik naar Vegas ben verhuisd. Behalve als je de tijd meetelt dat ik kamers schoonmaak.

En als ik ooit wat tijd alleen zou willen, dan is het nu.

Ik zou bijna verder wandelen. Maar het is warm buiten. En ik wil een douche. Ik moet Tacone van me afwassen. Deze dag van me afwassen.

Ik loop naar binnen en zie Dean televisie kijken op de bank. Zijn gezicht licht op met een luie grijns. "Hey, Sondra."

Oké, ja. Hij klinkt een beetje te blij om me te zien.

"Hoi," mompel ik en ik pak wat schone kleren uit mijn koffer naast de bank. Ik loop langs hem heen naar de badkamer.

Hij staat op en volgt me. "Ik wist niet dat je vandaag thuis zou zijn."

Ik negeer hem en sluit de deur van de badkamer. Lul. Ik zet de douche aan en laat het water stromen. Misschien ben ik een trut, maar het wordt steeds moeilijker om gewoon beleefd te blijven tegen Dean. Ik mag hem niet en hij bezorgt me koude rillingen.

Ik trek mijn kleren uit en stap onder de douche, maar alle voldoening die ik uit de watertherapie hoopte te halen, wordt tenietgedaan door het besef dat Dean net achter de deur staat.

Als er een kijkgaatje was geweest, zou hij er waarschijnlijk doorheen gluren.

Smerig.

Ik ben gestopt met douchen en heb me snel aangekleed. Misschien ga ik toch een wandeling maken. Het is alsof ik de doordringende energie van Dean door de deur voel komen. Ik heb echt wat ruimte nodig.

Op het moment dat ik naar buiten loop, zie ik niet één boeket rozen, maar drie.

En een erg zuur kijkende Dean.

"Zijn deze van je baas?" vraagt hij. De klootzak heeft het kaartje geopend. Hij gooit het naar me toe. Het valt voor mijn voeten op de grond.

Ik buk me om het op te rapen en te lezen.

Nico Tacone vraagt me mee uit eten? Nadat hij me net uit zijn suite heeft gezet?

Deze dag kan niet gekker worden.

"Wat heb je gedaan dat hij je rozen stuurt?" vraagt Dean. Wanneer hij een stap dichterbij komt, voelt het dreigend aan.

Ik hou niet van de insinuatie. "Niets."

Deans lach is spottend. "Ja, natuurlijk. Heb je seks met hem gehad?" Hij pakt mijn arm vast. "Je moet voorzichtig zijn. Wist je dat hij bij de maffia hoort?"

Ik draai mijn arm om uit zijn greep te komen, maar hij klemt zijn vingers nog steviger dicht. "Auw," protesteer ik. "Laat me los."

Hij komt nog dichterbij en leunt voorover zodat we neus aan neus staan. "Ik vind je echt sexy, Sondra," zegt hij. Zijn adem ruikt naar Doritos. "Ik weet zeker dat Tacone dat ook vindt."

Ik probeer me weer los te trekken, maar Dean houdt me vast.

"Laat me los," snauw ik.

"Ik vind het geweldig dat jij en Corey nichtjes zijn," zegt hij, terwijl hij me tegen de muur drukt. "Het is bijna net zo goed als een tweeling nemen."

"Je gaat mij niet nemen, dus zet dat idee uit je hoofd." Mijn verontwaardiging slaat nu om in paniek. Ik dacht dat Dean sluw was, maar ik dacht niet dat hij een meisje zou dwingen. Maar ik heb het duidelijk mis. Want elke normale kerel zou me hebben laten gaan als ik het hem vroeg.

Zijn vingers knijpen met enorme kracht rond mijn arm. Hij duwt zijn andere hand tussen mijn benen.

"Ga. Verdomme. Van me weg." Ik stribbel nu echt tegen, draai me in allerlei bochten om uit zijn greep te komen en probeer tevergeefs hem een knie in zijn ballen te geven. Hij smijt me tegen de muur.

Er wordt luid op de deur geklopt en dat zorgt voor net genoeg afleiding zodat ik me kan bukken en mijn arm uit zijn greep kan losrukken. Ik ren naar de deur alsof degene die aan de andere kant staat mijn redding is.

"Sondra."

Ik negeer Deans gebrom en gooi de deur open, van plan om naar buiten te rennen, naar de bescherming van wie daar ook staat.

Ik had geen idee dat die persoon Nico Tacone zou zijn.

Ik bots tegen hem op in mijn haast om naar buiten te komen en hij vangt me op, terwijl zijn wenkbrauwen omlaagvallen. Hij kijkt langs me heen in het huis en zijn frons wordt dieper.

"Wat is er aan de hand? Ben je overstuur?" Hij doet een stap achteruit om me te inspecteren en mist de kwaadaardige rode vlekken op mijn armen niet.

Meer is er niet nodig. Ik heb niet eens een woord gezegd, maar toch stormt hij het huis binnen en slaat Dean neer.

Ik hoor een misselijkmakend gekraak van bot wanneer zijn neus breekt en hij naar achteren vliegt, strompelend tegen de bank en vallend op de grond. Tacone volgt hem en pakt hem op aan zijn shirt om hem opnieuw te slaan.

"Oké!" schreeuw ik. "Stop." Ik grijp Tacone's arm vast.

Hij stopt even om me aan te kijken. Hij is in zijn volledige designerkostuum, maar hij zweet niet. "Sondra, wacht in de auto." Zijn stem is perfect gelijkmatig, alsof het uitdelen van gewelddadige gerechtigheid voor hem een dagtaak is. Wat het waarschijnlijk ook is.

Oh Jezus. Hij gaat Dean vermoorden.

Ik mag dan kwaad zijn om wat Dean me aandeed, maar ik denk dat we nu wel quitte staan. Ik bedoel, er stroomt bloed uit die kerel zijn neus en hij ligt op de grond.

"Nee." Ik probeer Tacone naar de deur te sleuren. "Laten we uit eten gaan. Dat klonk leuk."

Hij laat Dean op de grond vallen en richt zich op mij. "Wie is die kerel? Heeft hij je pijn gedaan?"

Ik huiver omdat ik weet dat het antwoord meer geweld zal veroorzaken. "Hij is de vriend van mijn nicht. Alsjeblieft - kunnen we gaan?"

Tacone zoekt iets in zijn jasje. Ik weet wat hij tevoorschijn gaat halen voordat hij het pistool bovenhaalt, want dat ding werd eerder al op mijn hoofd gericht. Hij buigt vooroverendruktde loop tegen Deans slaap. "Maak dat je wegkomt."

Dean lijkt doodsbang, maar hij mompelt nog wat: "Dit is mijn huis."

Tacone slaat hem met zijn pistool. "Ik zei, maak dat je wegkomt. Pak je spullen. Ga weg. Als je ooit nog in de buurt van Sondra of haar nicht komt, dan vermoord ik je. Begrijp je me?"

Dean antwoordt niet snel genoeg en Tacone trekt het pistool terug om hem nog een klap te geven. "Oké! Ik ben al weg!" Hij steekt zijn handen in de lucht en staat langzaam recht.

Tacone blijft Dean aankijken, maar mompelt iets tegen me: "Is dat jouw tas, schatje?"

Het duurt even voor ik het begrijp, maar dan realiseer ik me dat hij het over mijn open koffer naast de bank heeft.

"Ja. Ja, die is van mij."

Tacone stopt het pistool terug in de holster onder zijn arm, loopt naar de koffer en doet de rits met een vastberaden beweging dicht.

Ik tril als een blaadje, mogelijk raak ik in net zo'n shock als toen ik Tacone's pistool voor het eerst zag.

"Stap in de auto, schatje." Hij pakt mijn koffer bij het handvat en steekt zijn kin in de richting van de deur.

Mijn knieën wiebelen terwijl ik loop, maar ik slaag erin om mijn handtas op te rapen en naar de deur te waggelen. Tacone loopt vlak achter me en draagt mijn koffer. Geen van ons kijkt om wanneer we naar buiten gaan.

*Nico*

Ik had een romantisch idee om Sondra als een dame te behandelen en haar mee op date te nemen. Dat idee was snel vergeten toen ik de angst in haar ogen zag en de plekken op haar armen.

Verdomde klootzak. Ik wil die klootzak echt vermoorden omdat hij mijn meisje heeft aangeraakt.

Ja, ik heb misschien geprobeerd om te doen alsof ik Sondra Simonson nog niet had opgeëist, maar dat heb ik al wel gedaan.

Het is te laat voor haar.

De duivel neemt wat de duivel wil. En ik wil haar.

De kracht van donkere woede stroomt nog steeds door mijn aderen, waardoor ik me onoverwinnelijk voel, maar ik probeer het te bedwingen.

Sondra is doodsbang. Net zo bang als op de dag dat ik haar ontmoette. Verdomme. Komt het door mij? Door wat ik daar deed? Ik moet onthouden dat ze niet gewend is om te zien hoe mannen neergeslagen worden.

Ik gooi haar koffer in de kofferbak van de Lamborghini en open de passagiersdeur voor haar. Daarna stap ik in en start de auto. Ik moet het vragen, "Sondra, hij heeft toch niet -"

"Nee." Ze schudt haar hoofd. En dan, tot mijn verbijstering, barst ze in tranen uit.

"Schatje." Mijn handen nemen het stuur zo stevig vast dat ze het verpletteren. "Verdomme."

"Ik ben oké." Snuift ze. "Het is gewoon een lange dag geweest."

"Het spijt me. Ik weet dat ik daar een deel van ben. Of misschien wel alles?" Ik werp haar een zijdelingse blik toe.

Ze schudt haar hoofd.

Godzijdank.

"J-je gaat hem... toch niets meer aandoen, hé?"

Wil ik die vent een pak slaag geven? Absoluut. Als ze me zou vertellen dat hij haar verkracht had, zou ik dat zeker doen. Maar nee. De reden dat ik Chicago verliet om een casino in Vegas te openen, was omdat ik weg wilde uit de onderwereld. Ik heb een legaal bedrijf. Ik hou het bloed zo veel mogelijk van mijn handen.

"Wil je dat ik iets anders doe?" Ik wil gewoon zeker zijn.

Ze schudt snel haar hoofd. Dat is geen verrassing.

"Dan, nee. Ik zal hem niet meer aanraken. Als hij maar maakt dat hij wegkomt."

Ze draait met haar vingers in haar schoot. "En als hij dat niet doet?"

Ik knars met mijn tanden. "Dan zorg ik ervoor dat hij dat doet."

"Niet door hem te vermoorden."

Ik kijk haar aan. Sondra Simonson heeft haar poot stijf gehouden over iets. Ik geniet van het harde geluid in haar stem, bijna net zoveel als wanneer ze toegeeft aan mij. "Ja, oké. Ik zal hem gewoon naar een andere plek brengen."

Ze veegt de opdrogende tranen op haar gezicht weg. "Waar breng je me naartoe?"

"Naar de Bellissimo. Ik regel daar een suite voor je - zonder kosten en zonder verplichtingen. Je hebt verdomme een fatsoenlijk bed nodig om in te slapen." Ik geef mijn stem een duidelijke ondertoon en ze gaat niet in discussie. Ik kan er niet tegen dat ze in een huis slaapt met die klootzak in de buurt.

Na een lang moment zegt ze zacht: "Bedankt."

Het samentrekken van mijn hart verbaast me. "Waarvoor?"

Ze frunnikt aan een draadje van haar spijkerbroek. "Ik ben blij dat je er was op dat moment."

Nu wil ik teruggaan en die vent vermoorden. Haar niet aanraken is zeker geen optie meer. Ik steek mijn hand uit en streel met mijn duim langs de zijkant van haar nek. "Zeg het me als je die kerel weer ziet."

Het is verkeerd om dat te zeggen. Sondra wordt weer bleek en ik voel een kleine rilling door haar heen gaan.

Verdorie. Ze is bang voor me. Maar misschien is dat maar goed ook. Ze zou bang voor me moeten zijn. Ze zou haar deur op slot moeten doen en uit mijn buurt moeten blijven.

~

*Sondra*

Ik bibber en ben in shock. Misschien ben ik daarom deze keer helemaal niet bang voor Nico Tacone. Ik voel me eigenlijk op een vreemde manier getroost en beschermd, wat stom is, want ik weet dat deze man ongelooflijk gevaarlijk is. Verdorie, ik zag hem net een pistool op iemand richten. Alweer.

Maar toch, hij verdedigde mij, dus plotseling veranderde zijn gevaar in een heldendaad. Ik weet dat Corey zou zeggen dat ik weer naar de Stem van het Kwaad luister.

En oh God! Wat zal Corey over Dean zeggen?

Zal ze mij hier de schuld van geven? Zal ze Nico de schuld geven als Dean vertrekt? Zal Dean vertrekken? Ik hoop, voor hem, dat hij dat doet. Eigenlijk hoop ik dat voor ons allemaal.

Tacone rijdt naar de voorste rotonde van de Bellissimo en stapt uit de auto. De bediende haast zich om mijn deur te openen. Tacone gooit de sleutels naar hem. "Er zit een koffer in de kofferbak."

"Natuurlijk, Mr. Tacone."

Hij begeleidt me naar binnen, voorbij de rij van de receptie en loopt rechtdoor naar een leeg bureau. De piccolo volgt ons met mijn koffer. Eén van de medewerkers haast zich naar ons.

"Ik heb een speciale suite nodig voor Juffrouw Simonson."

Tacone's medewerkers zijn goed opgeleid, want er is geen spoor van nieuwsgierigheid te vinden in de uitdrukking van de receptioniste, alleen een efficiënte, bereidwillige houding terwijl haar vingers over de toetsen vliegen. Ze kijkt me aan en glimlacht. "Hoelang blijft u, Juffrouw Simonson?"

"Um... één of twee-"

"Onbepaalde tijd," onderbreekt Tacone. "Noteer niet beschikbaar voor op zijn minst de komende paar maanden."

Maanden? Ik was van plan om nachten te zeggen. Een suite in het Bellissimo kost $450 per nacht in het hoogseizoen.

"Oké, ik heb alleen een identiteitsbewijs met foto en een creditcard nodig voor bijkomende kosten," zegt de receptioniste, met een blik die naar Tacone glijdt.

Ik wil mijn handtas pakken, maar hij schudt ongeduldig zijn hoofd. "Geen kosten voor extra's."

Het gonzen dat in mijn borstkas begon toen hij zei dat ik hier maanden kon blijven, wordt luider. Nico Tacone laat één van zijn schoonmaaksters gratis in een luxe suite logeren en naar hartenlust roomservice bestellen? Ik weet dat hij me leuk vindt, maar de alarmbellen gaan nu af.

Tacone lijkt het te merken, want hij werpt me een blik toe. Het is half een waarschuwing, half een geruststelling. Aanvaard het gewoon, lijkt hij te zeggen.

"Oké, je krijgt kamer 853, dat is in de noordelijke toren. Neem de lift aan uw linkerkant." De receptioniste schuift de kaart naar me toe, Tacone neemt hem aan en geeft hem aan de piccolo, die hij met een beweging van zijn kin wegstuurt.

De piccolo vertrekt in stilte met mijn koffer. Tacone legt een hand op mijn onderrug en begeleidt me naar de liften. Mensen kijken naar ons wanneer we langslopen. Hij is gekleed in zijn mooie pak en ik in een afgeknipte spijkerbroek en een topje. Verdomme, zie ik eruit als zijn hoer?

Mijn stappen aarzelen.

Tacone stopt en draait me naar hem toe. Een spier in zijn kaak spant op. "Neem verdomme de kamer," snauwt hij, alsof hij al weet dat ik op het punt stond om te vertrekken. Hij laat me los en houdt zijn handen omhoog, zijn vingers wijd gespreid als overgave. "Ik ga niet met je mee naar boven. Je hoeft me niet meer te zien. Je werkt niet voor mij. Sterker nog, je bent ontslagen. En nu heb je een plaats om te verblijven terwijl je alles op een rijtje zet." Hij wendt zijn kin in de richting van de lift, waar de piccolo de deur voor me openhoudt. "Ga."

Hij draait zich om en loopt weg, zonder op mijn keuze te wachten. Ik aarzel. De piccolo heeft mijn koffer, dus ik moet hem hoe dan ook gaan halen.

Ik kan net zo goed even kijken hoe het is om in een Bellissimo suite te slapen.

Voor één nacht maar.

Morgen kan ik alles op een rijtje zetten.

# 6

*Nico*

OMDAT IK TE GEOBSEDEERD BEN, kijk ik de volgende dag of Sondra ontslag heeft genomen of is vertrokken. Dat heeft ze niet gedaan, maar ze heeft zich wel ziek gemeld.

Ik doorzoek de videobeelden van het casino tot ik haar uiteindelijk bij het zwembad zie liggen.

Ik glimlach. Goed voor haar.

Maar daarna wou ik dat ik haar niet gevonden had, want de drang om naar het zwembad te gaan en die bikinistring van haar lijf te rukken en elke plek te likken waar de zon haar nog niet heeft aangeraakt, overvalt me. En dat wordt op de voet gevolgd door een vlaag van bloedhete jaloezie. Omdat elke vent bij het zwembad hetzelfde ziet als ik.

En een schaars geklede Sondra Simonson is veel gewaagder dan de showgirls en serveersters die in mijn club rondparaderen en meer van hun kont en tieten laten zien.

Ik doe het enige wat redelijk is - weggaan van de beveiligingsbeelden en mijn werknemers terroriseren.

Ik zie Corey zitten en haar ogen ontmoeten de mijne, brutaal en confronterend.

Ja, ik gaf je vriend een schop onder zijn kont en vertelde hem om uit je leven te verdwijnen. Ik heb misschien een beetje een God-complex. Klaag me maar aan.

Omdat ik me een tiran voel, ga ik meteen naar de zaalmanager, Ross. "Neem even Corey Simonsons plaats in. Ik moet even met haar praten."

"Ja, Mr. Tacone." Ross haast zich naar Corey, die bij het roulettewiel zit te werken, en mompelt iets in haar oor. Zodra het spel voorbij is, neemt hij haar plaats in, waardoor al haar klanten gaan grommen. Mensen worden bijgelovig over hun croupier, vooral als ze een lange, prachtige roodharige is.

Corey tilt haar kin op en loopt naar me toe, ze draagt een paar prachtige pumps en een aansluitende zwarte jurk met een diep uitgesneden decolleté.

"Moet je me iets zeggen?" eis ik zodra ze binnenkomt.

Haar oogleden knipperen even voordat ze haar verbazing verbergt. Ze zwijgt een hele tel. "Nee, meneer."

"Weet je het zeker?" vraag ik uitdagend.

Nog een tel, dan schudt ze haar hoofd. "Het kan me geen reet schelen wat je met hem doet." Walging doordrenkt haar stem en ik voel een flits van sympathie voor haar. Het is een wonder dat mooie vrouwen steeds losers als vriendje kiezen.

Verdomme, nu word ik ook nog soft voor andere mensen. Wat is er in hemelsnaam met me aan de hand? Ik heb echt wat verdomde slaap nodig.

*Jenna*

"Het is tijd om de deal te sluiten," zegt mijn vader. Hij zit achter zijn grote notenhouten bureau en knipt het uiteinde van een sigaar af. Ik ben hier op zijn kantoor geroepen, de maffiaprinses van de koning.

De knoop van angst die ik heb meegedragen onder mijn ribben vanaf het moment dat ik oud genoeg was om mijn toekomst te begrijpen, knelt zo strak dat ik niet kan ademen.

"Junior Tacone vroeg naar je. Hij weet dat je afgestudeerd bent. Ik kan het niet langer uitstellen."

Ik vervloek de tranen die in mijn ogen opwellen. Maar het is gewoon niet eerlijk. Ik zit gevangen in dit huwelijk sinds ik negen maanden oud was. Getekend om te trouwen met een man die tien jaar ouder is dan ik. Een man die mij ook nooit gewild heeft.

Ik denk dat dat mijn enige troost zou moeten zijn.

"Heeft Nico naar mij gevraagd?" Mijn stem hakkelt.

Mijn vader steekt de sigaar op en neemt een trekje.

Ik haat sigarenrook. Ik kan niet tegen de manier waarop mijn vader het in mijn richting blaast, alsof hij nog nooit van meeroken heeft gehoord.

"Nee. Ik weet niet wat Nico's probleem is. Als hij denkt dat hij respectloos met deze familie kan omgaan door te weigeren om met je te trouwen -"

"Maar ik wil niet met hem trouwen," jammer ik, voor de vierhonderdvijftigste keer.

Mijn vader wijst met een imposante vinger naar me. "Je zult doen wat je moet doen om de band tussen onze families te versterken. Dat is verdomme het enige wat ik van je vraag. Je hoeft je handen niet vuil te maken, je hoeft geen soldaat te worden zoals je broers. Je trouwt met wie ik verdomme zeg dat je moet trouwen en je doet het met klasse. Zoals je moeder je heeft opgevoed."

En dit is het antwoord dat ik al mijn hele leven hoor.

Ik slik de gal in mijn keel weg.

"De families zijn al die jaren alleen verbonden geweest door het huwelijkscontract. We hebben geen echt huwelijk nodig om de dingen te verstevigen."

"Genoeg." Mijn vader zwaait met een hand. "Ik stuur je naar Vegas. Zeg Nico Tacone dat hij trouwplannen moet gaan maken. Het is tijd."

∽

*Sondra*

Na drie dagen luxueuze vakantie op kosten van Nico Tacone, besluit ik dat het tijd is om weer aan het werk te gaan. En ik ben me volledig bewust van wat dat betekent.

Hij waarschuwde me, grondig.

Hij heeft ook zijn woord gehouden en is weggebleven. Geen contact, tenzij je zijn gepraat met Corey meetelt. Maar ik heb geen andere professionele baan en dit is beter dan niets.

Oh, wie hou ik voor de gek? Weer aan het werk gaan betekent dat ik besloten heb om mezelf als een maagdelijk offer aan Nico Tacone op te offeren.

Hij is als een verslaving. Ik wil er wegblijven - echt waar. Ik weet dat het de juiste beslissing zou zijn. Maar de opwinding die ik voel bij de gedachte hem weer te zien is te moeilijk om te weerstaan. Ik wil weer dicht bij hem zijn, zinderen en gloeien onder de vlam van zijn verlangen naar mij.

Neem ontslag. Ga terug naar Michigan. Gebruik je diploma, zegt de stem van de rede.

De mijne, zegt de Stem van het Kwaad, terwijl hij met kattenklauwen in de lucht in de richting van Nico's suite tuurt.

Dus ik ga weer aan het werk en pak mijn schoonmaakkarretje alsof er niets gebeurd is.

"Voel je je al beter?" vraagt Marissa.

"Yep. Het was een maagvirus." Ik voel me een beetje schuldig dat ik tegen haar gelogen heb, maar wat kan ik doen? Het echte verhaal is te bizar om met iemand anders dan Corey te delen.

Ik hoop dat ze snel over dat Dean-gedoe heen is. Ze kwam naar de suite de avond dat het gebeurd was en we dronken een paar flessen wijn leeg tot we alle mannen vervloekten en elkaar beloofden nooit meer met een loser uit te gaan.

Wat natuurlijk betekende dat Corey probeerde om mijn liefde voor Tacone te laten verdwijnen. Dus nu zal ik haar oordeel onder ogen moeten zien, bovenop alle problemen waar ik vandaag in terecht kom. Maar zij zal er zijn om de brokken voor me op te rapen.

Misschien is dat de les in dit alles. Ik kies waardeloze mannen, maar er zijn mensen in mijn leven die altijd van me zullen houden en alles voor me zouden doen. Dat is al een geschenk op zich.

Ik maak eerst de andere suites schoon. In de tweede kom ik de mannen tegen die ik op de eerste dag zag.

"Dat is ze," mompelt de een tegen de ander wanneer ze vertrekken en ik naar binnen ga.

"Wie?"

"De schoonmaakster waar Nico een obsessie voor heeft." De deur klikt dicht. Het is niet echt nieuw nieuws. Ik weet dat hij een oogje op me heeft. Maar als ik het van een vreemde hoor, klinkt het wat sterker. Echter. Spannender. Ik heb een ritme in mijn stappen als ik schoonmaak.

Als ik klaar ben, ga ik naar Tacone's suite. Hij is er niet, wat misschien het beste is. Het is gewoon uitstel van executie. Dus waarom ben ik dan zo teleurgesteld?

Ik ben bijna klaar met de laatste kamer als ik Tacone's sleutelkaart in het slot hoor.

Mijn hart schiet in mijn keel.

Tacone slentert naar binnen en zijn blik neemt de schoonmaakkar in zich op, hij draait zich om en ziet mij staan. Het moment dat onze blikken elkaar kruisen, een schok van pure elektriciteit raakt me waar ik sta.

Ik zie tevredenheid in Tacone's kleine grijns en donkere belofte in zijn ogen.

Hij stapt naar me toe. "Ik heb je gewaarschuwd wat er zou gebeuren als je terug zou komen, toch?" Zijn stem is ruw, hongerig.

Ik houd zijn blik vast. "Je hebt me gewaarschuwd."

Hij komt naar me toe en schudt zijn hoofd. "Je hebt erom gevraagd." Hij pakt me op bij mijn middel en zet me op de barkruk die tegen de ontbijtbar staat. Ik wil zijn riem pakken, maar hij grijpt mijn pols vast.

"Neeh uh. Ik heb de leiding, schatje. Ik beslis wanneer en hoe ik je ga neuken. Of ik mijn fantasie ga bevredigen door je over dat schoonmaakkarretje te buigen, of dat ik je die vlechtjes weer in je haar laat doen en je onder de douche neem." Hij glijdt met zijn handpalmen over mijn blote benen, duwt de rok van mijn schoonmaakjurk omhoog terwijl hij verder gaat. Als zijn duimen mijn slipje bereiken, schuift hij ze lichtjes over het kruisje, om mij te plagen.

Mijn poesje knijpt zich samen om de lucht. Ik grijp zijn armen vast om niet achterover te vallen.

"Zo is het goed, liefje. Hou je maar goed vast. Want deze keer hou ik me niet in."

Het geluid dat uit mijn keel komt is onherkenbaar.

Hij wrijft met zijn knokkel over mijn clitoris, maakt nauwelijks contact en maakt me gek. "Heb je dit poesje bij me gebracht om geneukt te worden? Je wist dat ik haar deze keer niet leeg zou laten gaan, nietwaar?"

Het is smerig en grof, maar God help me, ik hou ervan. Heer, als Tanner ooit op deze manier tegen me had gepraat, zou ik hem in zijn gezicht hebben uitgelachen. Maar Tacone krijgt het voor elkaar omdat hij seksueel zelfvertrouwen uitstraalt.

Mijn hoofd wiebelt als ik knik.

Dat is wat me hier heeft gebracht. Ik wil nog een Nico Tacone orgasme. Ik moet alleen onthouden dat ik mijn hoofd erbij moet houden en mijn hart er niet bij moet betrekken. En dat ik niet getuige mag zijn van iets illegaals dat me in gevaar kan brengen.

Ja, ik ben dom. Ik ben een geile kleine idioot die er zeker van is dat dit de beste beurt van mijn leven wordt.

Hij steekt een duim onder het kruisje van mijn slipje. "Mmm hmm. Je bent nat voor me, is het niet?" Ik denk dat ik vlugger klaar ben dan ooit, want hij schuift zijn duim zo in me zonder dat er enige voorbereiding nodig is. Hij kreunt, zijn oogleden zakken naar beneden. "Bambina... ik heb elke minuut van de dag aan dit poesje gedacht sinds de dag dat ik je hier voor het eerst aantrof." Hij houdt me vast rond mijn middel, kantelt me naar achteren en pompt met zijn duim. "Een heel casino vol met poesjes, maar ik wil alleen het jouwe."

Mijn hoofd valt achterover. Ik balanceer op mijn achterste, gebogen over zijn arm, mijn bovenlichaam overeind gehouden door mijn greep op zijn onderarmen.

"En dit is waarom. Je bent zo verdomd aantrekkelijk.

Zo ontvankelijk." Zijn gezicht verwringt alsof het hem pijn doet niet in me te zijn.

Ik kronkel, wil hem dieper nemen, meer wrijving krijgen. Zijn duim is niet genoeg.

"Gulzig meisje. Wil je dat ik je goed neuk?"

"Ja, alsjeblieft."

Hij schatert van het lachen. "En jij zegt verdomme alsjeblieft. Iedere keer weer. Het liefste meisje dat ik ooit gehad heb." Hij trekt zijn duim terug en trekt me van de barkruk. "Draai je om, bambi."

Ik draai me om en leg mijn onderarmen op de barkruk, terwijl ik mijn kont naar voren duw. Hij trekt mijn slipje naar beneden en dan uit voordat hij me een klap op mijn kont geeft.

Ik had nooit gedacht dat ik van pijn zou houden, maar na het pak slaag dat hij me de vorige keer gaf, ben ik er niet alleen klaar voor, ik verlang er zelfs naar. Hij slaat me nog eens op mijn kont, en nog eens. Iedere keer is een schok van pijn, een vlaag van genot. Ik verdrink in sensatie, val dieper en dieper in een afgrond van lust en verlangen.

"Alsjeblieft," jammer ik.

Hij geeft een scherpe vloek. "Duw je kont naar achter, schoonheid."

Mijn kont steekt al naar achter, maar ik probeer nog meer te buigen. Ik hoor het knakken van een condoomverpakking en ik wacht terwijl hij de bescherming aan heeft. Hij wrijft de kop van zijn pik langs mijn spleetje.

Ik duw hem naar achteren, in een poging hem in me te krijgen. Ik kan niet nog een seconde van dit geplaag verdragen. Ik heb bevrediging nodig.

Hij duwt in me met een harde stoot en de barkruk kantelt en staat weer recht. "Fuck." Hij trekt zich terug en ik huil bijna. Ik moet gejankt hebben, want hij kalmeert me. "Het is goed, bambi. Ga hier maar over de armleuning van de bank liggen. Ik moet je veel harder neuken dan ik hier kan."

Ik kruip naar de bank en hij duwt me over de leuning en geeft me nog een klap op mijn kont.

"Je ziet er zo verdomd perfect uit met mijn handafdrukken op je kont, Sondra Simonson."

Ik weet niet waarom hij altijd mijn voor- en achternaam zegt, maar ik vind het heerlijk. Het geeft me het gevoel dat ik beroemd ben. Een filmster of een superheld. Zoals beloofd, gaat hij zo diep in me dat ik het uitschreeuw.

Hij blijft daar, pakt mijn keel om mijn hoofd op te tillen. "Oké?"

Hij controleert me. Hij mag dan stoer praten, toch is Nico attent. Als hij geen pistool op iemands hoofd richt.

Ik buig naar achteren. "Ja."

Hij beweegt niet. "Ja, wat?"

Mijn gedachten haperen, ik weet niet zeker wat hij wil. "Ja, meneer?"

Hij grinnikt. "Schatje, als je me meneer blijft noemen, word je tot morgen geneukt. Vraag me wat je wilt. Ik wil je nog eens alsjeblieft horen zeggen met dat lieve stemmetje dat mijn ballen zo strak maakt."

"Alsjeblieft, Nico."

"Fuck."

Hij trekt zich terug en stoot in me, waardoor mijn adem wordt weggenomen door de kracht ervan. Het is te ruw, te hard, maar ik zou niet klagen als het me zou doden. Het voelt zo goed. Zo goed. Hij neukt me hard, zijn lichaam slaat tegen mijn kont als een tweede pak slaag, zijn pik boort zich diep in mijn doorweekte kanaal.

"Alsjeblieft." Nu ik weet wat hij wil, wat hem gek maakt, blijf ik het zeggen.

Hij vloekt weer en pakt mijn bovenarmen vast, buigt mijn bovenrug terwijl hij in me stoot.

Ik jank maar spreid mijn benen wijder open, probeer mijn spieren te ontspannen om de volle kracht van zijn stoten beter te kunnen ontvangen. Ik ben mijn verstand kwijt. Ik ben nog niet eens klaargekomen, maar ik raas al door de ruimte. Nee, ergens beter dan de ruimte. Een plaats zonder gedachten. Alleen genot. Alleen rijp, sappig, bevredigend, kloppend genot.

"Ja, Nico, alsjeblieft," jank ik.

"Stop met smeken, schatje." Zijn stem is ruw. "Stop met smeken of ik hou het niet meer - fuuuuuuck." Hij gaat diep en beukt met zijn heupen tegen mijn kont, terwijl hij klaarkomt.

Op de een of andere manier weet hij dat ik nog niet ben klaargekomen en hij tilt mijn heupen genoeg van de bank om zijn hand onder me te krijgen en over mijn clitoris te wrijven.

Ik ga uit mijn dak, vuurwerk spettert voor mijn ogen, mijn lichaam verkrampt onder zijn ruwe aanraking.

Ik ben helemaal gevuld met zijn pik, dansend tegen zijn vingers voor lange momenten - een eeuwigheid. En dan is het voorbij en vergeet ik hoe ik moet ademen.

Ik zak in elkaar over de armleuning van de bank, mijn zicht is zwart. Nee, mijn ogen zijn dicht. Ik weet niet hoelang ik zo futloos heb gelegen, maar Nico ontspant zich en dat brengt me weer tot leven.

"Kom hier, schatje. Laten we je even opfrissen." Hij draait me om. Ik kan nauwelijks op mijn benen staan. Ik kan me echt niet concentreren.

Zijn glimlach is toegeeflijk vlak voordat hij buigt bij zijn middel en zijn schouder tegen mijn heup legt. En dan zweef ik in de lucht, over zijn schouder, met mijn blote kont naar de hemel. Hij geeft er een klap op terwijl hij me naar zijn badkamer draagt. Hij houdt me vast als een zak aardappelen terwijl hij het water van de douche aanzet, zet me dan neer en trekt mijn jurk uit.

"Ik wilde je hier neuken, kleine meid. Die eerste dag zag ik je schoonmaken. Ik zette je onder de douche en dat was alles wat ik kon doen want anders zou ik me uitgekleed hebben en je naar binnen zijn gevolgd." Hij kleedt zich nu uit en ik sta daar, nog steeds als een lappenpop. "Het was totaal uit de hand gelopen. En toen hoorde ik je huilen en voelde ik me een nog grotere klootzak."

Ik weet niet wat ik moet zeggen, want het is walgelijk dat hij me wilde neuken na wat hij had gedaan. En toch, het horen ervan geeft me een gevoel van macht dat ik elke keer krijg wanneer hij praat over hoe erg hij naar me verlangt.

Deze ongelooflijk rijke, machtige, gevaarlijke man denkt dat ik zijn zwakte ben.

Het maakt me duizelig van macht.

En dom. Want dit gaat alleen om seks. Het is een bevlieging, om wat voor reden dan ook. En ik kan maar beter voorzichtig zijn, anders kan ik echt in gevaar komen.

"Je gaat me hier toch niet echt gevangenhouden." Ik zeg het als een verklaring, maar het is eigenlijk een vraag. Ik moet het vragen, nu mijn hersenen terug werken en de adrenaline van de angst begint terug te komen.

Zijn oogleden vallen half dicht. Hij duwt me onder de waterstraal en volgt me naar binnen. Ik zit vastgepind tegen de prachtige Italiaanse marmeren muur en zijn handen gaan over mijn borsten, langs mijn zij.

"Zal ik je laten gaan? Dat is nog maar de vraag. Niet voordat ik je nog minstens één keer geneukt heb."

Mijn angsten vervagen. Hij is niet gek. Hij zou me niet echt aan het bed vastbinden, niet als ik het niet zou willen.

Niet de man die stopte om te controleren of ik oké was toen ik jankte tijdens de seks.

Ik dacht van niet, maar ik moest het zeker weten.

Hij pakt een stuk zeep en maakt er met beide handen schuim van, strijkt dan met het sop over mijn schouders en dan over mijn borsten. Hij zeept mijn buik in, langs mijn buitenste dijen, draait me dan om en pakt mijn rug en mijn kont.

Hij begint tussen de spleet van mijn kont te strelen.

Mijn benen, die al wankel waren, beginnen te trillen. Het is zowel gênant als opwindend om mijn anus zo grondig schoongemaakt, gemasseerd en gestreeld te hebben.

"Ik wed dat dit sappige kontje nog nooit geneukt is."

Ik verstijf, want, ja. Ik ben een anale maagd en ik ben zeker niet van plan om het aan hem te geven.

Hij slaagt zijn armen rond mij en omklemt mijn billen, streelt het tere vlees daar heel lichtjes. "Je bent bang." Hij brengt zijn lippen naar mijn oor en bijt me daar zachtjes. "Dat zou me niet moeten opwinden."

Mijn knieën blokkeren en ik draai mijn heupen van hem weg. Ik wil dit absoluut niet. Zeker niet als het klinkt alsof hij het me wil opdringen.

Hij draait me om en omklemt mijn keel met zijn hand. Hij knijpt niet, maar gebruikt het om me stil te houden voor een harde kus. Water loopt langs mijn gezicht, tussen onze lippen. Hij beweegt zijn mond over de mijne, neukt me met zijn tong, draait zijn lippen over de mijne, verandert de hoek, verslindt me.

Na een moment ontspan ik me, open voor de aanval.

Zijn handen gaan naar mijn kont en hij knijpt in mijn billen, terwijl hij de liefde bedrijft met een passionele kus.

Zijn pik verhardt zich tegen mijn buik. "Ik heb je weer nodig, bambi. Ga je het me geven als een braaf meisje?"

Die woorden zouden me niet moeten opwinden, maar dat doen ze wel. Mijn poesje trekt samen, mijn bekkenbodem gaat omhoog. Ik sla een been om zijn middel en nodig hem uit om binnen te komen.

Hij kreunt tegen mijn lippen. "Ik ben vergeten een condoom mee te nemen." Hij haalt mijn been van zijn middel en duwt me tegen de douchewand. "Verander van positie en ik geef je een pak slaag. Capiche?"

"Ja." Ik ben buiten adem.

Hij leunt voorover en kust me opnieuw, hard en met scherpe lippen. "Zo lief." Maar dan wijst hij met een waarschuwende vinger naar me terwijl hij uit de douche stapt. Het is een gebaar dat mijn knieën zwak maakt. Het zorgt er waarschijnlijk voor dat zijn vijanden in hun broek pissen en zijn ondergeschikten in de rij gaan staan.

Een ogenblik later is hij terug en rolt het condoom al om. Hij drukt zich tegen me aan, leunt met zijn voorhoofd tegen het mijne, zijn pik beweegt tussen mijn benen.

"Heb je hier te veel pijn voor?"

Daar is het weer - de bezorgdheid. Ik weet niet waarom het me altijd verbaast. Ik denk omdat hij de rest van de tijd zo hard kan zijn. Het is zo verdomd aantrekkelijk, die combinatie van een klootzak en tederheid. Het maakt hem meer dan aantrekkelijk.

Ik heb te veel pijn, maar ik kan meer seks niet weigeren. Niet omdat ik hem niet wil teleurstellen. Omdat ik het nodig heb. Zelfs na de orgasmes dat hij me al gegeven heeft, snak ik naar meer. Wil je weten hoe deze scène eindigt.

"Niet te pijnlijk." Mijn stem klinkt krassend.

Hij duwt zijn duim in mijn mond en ik zuig erop. "Ik doe niet aan zachtjes, amore. Dat moet je weten."

Hij trekt zijn duim er een stukje uit, zodat ik kan antwoorden: "Ben je me weer aan het waarschuwen?"

Hij duwt mijn voeten wijder uiteen en tilt dan mijn dijbeen op, maar in plaats van het op zijn heup te leggen waar het eerder was, geeft hij een klap op mijn poesje.

Ik snak naar adem. Mijn tepels verharden zich tot diamantpunten.

Hij slaat weer tussen mijn benen. Het is een soort straf, maar ik weet niet zeker waar het voor is. Of misschien vindt hij het gewoon leuk om me pijn te doen.

Het zou me niet verbazen als de maffiakoning een sadist was. Zijn wereld is misdaad en geweld.

Maar dan smelt hij zijn mond over de mijne en richt hij zijn pik op mijn ingang. "Neem het, dan." Zijn stem is hard en diep. Hij stoot naar binnen en vult me.

Ik gooi mijn armen om zijn schouders en klauw me vast aan de achterkant van zijn nek. Hij schuift op en tilt mijn andere voet van de douchevloer. Ik wikkel hem om zijn middel en hij pakt mijn kont vast. "Ga je lekker op mijn lul rijden, bambina?"

Mijn poesje klemt zich samen, zelfs als ik me beledigd voel. Is dit de manier waarop hij praat tegen de hoeren die hij meestal gebruikt?

Maar het volgende moment vergeet ik mijn woede omdat hij tegen mijn nek begint te fluisteren terwijl hij in en uit me gaat: "Zo lief. Zo verdomd goed. Dit poesje kan een man redden, ik zweer het op Madonna."

Mijn bovenrug drukt tegen de douchewand en hij begeleidt mijn bewegingen, tilt me op en laat me zakken terwijl hij zijn stoten in een bepaalde hoek in me richt.

De hitte van het water en de stoom, gecombineerd met de uitzinnige seks maakt me licht in mijn hoofd.

Nico is ruw, geen twijfel mogelijk. Ik heb geen controle over onze bewegingen - hij stuurt en hij weet precies wat hij wil en wat hij doet. Mijn gekreun neemt een steeds hogere toon aan en dan klem ik me rond zijn pik, terwijl ik op zijn schouder sla.

"Niet klaarkomen," beveelt hij. "Kom verdomme niet klaar tot ik het zeg."

Nogmaals, ik ben beledigd. Ik weet niet of het heet moet zijn of dat hij gewoon zo dominant is. Maar het is heet. Zo heet, dat ik niet anders kan dan hem gehoorzamen, alleen omdat ik wil weten wat de beloning voor gehoorzaamheid zal zijn.

Alleen omdat ik wanhopig ben om mijn beloning te krijgen.

Nico hijgt, stoot harder en sneller, drukt me plat tegen de koele tegel, de stoppels van zijn kaak schrapen en krassen in mijn nek.

Hij verschuift één van zijn handen op mijn kont om mijn bilspleet te strelen en ik krijg een stoot terwijl een schok van sensatie door me heen raast.

Mijn hart klopt te snel, te hard. Ik heb het te heet - ik ben bang dat ik flauwval van de stoom en de seks. Hij blijft met het topje van zijn vinger over mijn anus strelen en de sensatie maakt me heet.

Een lage grom weerklinkt tegen de douchewanden en zijn bewegingen worden schokkerig. Hij mompelt een reeks vuile vloeken - half in het Engels, half in het Italiaans. Dan brult hij, dringt diep door en bijt in mijn nek terwijl hij klaarkomt.

Op hetzelfde moment doorboort de klootzak mijn anus met het topje van zijn vinger.

Ik wil het haten, maar het is te lekker. De sensatie in mijn kont is verschrikkelijk en ongelooflijk. Ik ga tekeer als een geweer, kom klaar rond zijn dikke pik terwijl zijn vinger zich terugtrekt in een zachte pompbeweging.

Ik verstik me in een gesmoorde kreet, mijn binnenste dijen knijpen hard genoeg om zijn heupen te breken terwijl mijn verkrampende kanaal zijn pik leegzuigt voor het laatste restje vocht.

En wanneer het stopt, ben ik er kapot van. Een lage snik komt uit mijn keel. Tranen prikken in mijn ogen, maar het is alleen van de bevrijding. Van de ongelooflijke, levensveranderende, orgasmische bevrijding.

Tacone prevelt iets in het Italiaans en zet het water uit. Hij draagt me uit de luxe douche en hangt een handdoek om mijn natte rug.

Ik besef nauwelijks wat er gebeurt. Mijn lichaam is slap geworden en mijn geest is nog niet teruggekeerd van mijn reis naar de ruimte.

Nico legt me op mijn rug op zijn reusachtige bed en wikkelt de uiteinden van de handdoek om mijn voorkant. Dan ploft hij naast me neer. Voordat de mist optrekt uit mijn hersenen, klinkt zijn gesnurk door de kamer.

Ik denk dat goede seks altijd de beste remedie is tegen slapeloosheid.

Glimlachend maak ik me los van hem en van het bed, zoek dan mijn kleren in de woonkamer en kleed me aan.

Ik ben nog niet klaar met afstoffen, maar ik sla het over. Ik ben er vrij zeker van dat hij het me niet zal verwijten.

Misschien straft hij me er wel voor.

En die gedachte maakt dat ik nog breder ga glimlachen.

Ik duw mijn schoonmaakkarretje naar buiten. Tony, zijn gespierde lijfwacht, komt uit de lift in de richting van Nico's kamer. "Is Mr. Tacone daar?" vraagt hij.

"Ja, maar hij slaapt."

Tony stopt en draait zich dan om naar mij, met een brandende belangstelling op zijn gezicht. Hij kijkt naar mijn natte haar, mijn blozende wangen. Ik negeer hem en druk nog een paar keer op de liftknop.

Tony leunt met zijn rug tegen Nico's deur. "Heb jij er iets mee te maken dat hij slaapt?"

Ik haal mijn schouders op, maar kan de glimlach niet tegenhouden. "Misschien."

Tony schudt zijn hoofd. Ik denk dat hij me gaat beledigen, maar in plaats daarvan ademt hij: "Godzijdank."

De lift piept en de deuren schuiven open. Ik vlucht naar binnen met mijn karretje, ongeduldig om Corey te bellen en haar alles te vertellen.

7

*Nico*

Er zit een echte sprong in mijn pas als ik de volgende dag door mijn casino loop. Ik heb zestien uur geslapen en werd wakker met een stijve die hard genoeg was om een nagel in te slaan. Ik heb mezelf niet toegestaan om er iets mee te doen, want nu ik eindelijk mijn lul in Sondra's strakke kleine poesje heb gestoken, wil ik niets anders meer.

Ik wist dat het zo zou zijn.

Ze kan beter niet wegrennen, want ik ben niet van plan om haar nu uit mijn greep te bevrijden.

Het eerste wat ik deed toen ik wakker werd, was controleren of ze niet was uitgecheckt uit de suite die ik haar had gegeven. Dat was niet zo. En haar naamplaatje gaf aan dat ze in de kamer was, dus de kans was groot dat ze daar was, nog steeds slapend.

Alles lijkt perfect in orde te zijn in het casino. De dingen gingen door zonder mij. Ik stop bij het bedrijfskantoor om de inkomsten van de vorige avond te controleren en begin te reageren op de zevenenveertig sms'jes die ik heb ontvangen terwijl ik sliep als een beer in een winterslaap.

Ondertussen ben ik uitgehongerd.

En op de een of andere manier beland ik op de achtste verdieping, voor de suite van Sondra. Ik haal mijn sleutelkaart tevoorschijn.

Ik ben een eersteklas klootzak omdat ik niet aanklop. Ik gedraag me zeker niet als de heer zoals mijn moeder me opgevoed heeft. Maar ik kan niet ontkennen dat het me plezier geeft, het gevoel van macht en eigendom, om mijn sleutelkaart in het slot te steken en de deur te openen.

Sorry, bambina. Ik heb je gewaarschuwd dat ik problemen zou veroorzaken.

Het is weer een natte droom, want ik vind Sondra in haar slipje en beha, terwijl ze voor de spiegel in de badkamer staat. Haar hoofd schiet verrast omhoog, maar ik geef haar geen kans om iets te zeggen, want ik loop op haar af als een uitgehongerde man op weg naar zijn volgende maaltijd.

Ze is een engel, haar volle lippen gaan open van verbazing, blauwe ogen staren me aan maar tonen geen angst. Nee, ze zijn vol vertrouwen.

En dat zou me weer genoeg bij mijn verstand moeten brengen om wat fatsoen te tonen. Om haar met wat respect en hoffelijkheid te behandelen.

Maar in plaats daarvan wakkert het alleen mijn machtsgeile lust naar haar aan.

Ze gaat me laten doen.

Opnieuw.

Het staat op haar gezicht geschreven.

Ik ga recht op haar af. Neem met mijn hand de achterkant van haar zachte haar vast en trek haar hoofd naar achteren voor een kus, op hetzelfde moment dat mijn lichaam met dat van haar versmelt.

Ze is er klaar voor. Haar lippen bewegen tegen de mijne, en ik zweer bij Christus, ze duwt haar bekken naar me toe.

"Schatje. Je bent te mooi." Ik kus haar harder, met meer aandrang. Ik zet haar tegen de wastafel en til haar zachte kont erop. "Ga je die benen weer voor me uit elkaar halen, liefje? Ik ben nu al verslaafd aan je poesje."

Ze opent haar knieën, duwt haar borsten naar me toe.

Ik grom en duw de cups van haar beha naar beneden om met haar tepels te spelen. "Ik heb verdomme de hele nacht geslapen. Vanaf het moment dat je wegging tot 6 uur vanochtend."

Ze heeft waarschijnlijk geen idee waar ik het over heb - hoe kan ze weten dat ik al maanden niet geslapen heb?

Maar ze glimlacht - alsof ze oprecht blij is om dat te horen. "Ik weet het." Ze lijkt zelfvoldaan. Het is zo schattig dat ik de lippen van haar gezicht wil kussen.

Ik breng het topje van mijn duim tussen haar benen en streel het kleine stukje satijn dat me van de hemel scheidt. "Hoe is het vandaag met je lieve kleine poesje? Nog pijnlijk?"

Ze zuigt haar onderlip tussen haar tanden, waardoor mijn dikke pik stijf wordt. "Ja."

"Laat je me er nog eens in, of niet?"

Ze antwoordt niet, dus ik leun voorover en haal mijn tong over haar tepel. "Moet ik je misschien eerst overtuigen?"

Ze gaat met haar vingers door mijn haar. "Ja."

Uitdaging aanvaard. Ik kan nog steeds het geluid van haar zoete ja, haar alsjeblieft van gisteren niet uit mijn hoofd krijgen. Ik kan niet wachten om haar weer te horen smeken voor bevrediging.

Ik ga door met een lichte, langzame streling over haar slipje terwijl ik zuig en knijp in haar rechtertepel. Er zitten harde puntjes op - al sinds ik binnenkwam. "Bambi, je hebt het mooiste paar tieten in Nevada. Waarschijnlijk ook de enige echte."

"Die van Corey zijn echt."

"Die van Corey zijn niet half zo heet als deze." Ik wil niet dat mijn meisje zich vergelijkt met haar nichtje. Misschien doet ze dat niet - ik weet het eigenlijk niet. Maar Corey heeft een exotische schoonheid waar sommige meisjes jaloers op zouden zijn. Het doet mij niets. Sondra is mijn nieuwe en enige voorbeeld van de perfecte vrouw. Slim, sexy, ontzettend lief. Een beetje ondeugend. Veel te aardig.

De behoefte om haar te bezitten overweldigt me. Ik wil haar omdraaien en haar van achteren hard neuken, maar ik hou me in. Ik heb grootse plannen waarbij ze mijn naam schreeuwt en smeekt.

Ik ga naar haar linkertepel. Haar slipje wordt vochtig onder mijn duim. Ik laat hem naar binnen glijden en raak haar clitoris aan.

Haar tanden klappen dicht en ze gooit haar hoofd achterover. "Vind je dat lekker?"

Ze beweegt haar bekken naar voren.

"Hmm?"

"Uh huh."

"Heb je mijn tong tussen die benen nodig?"

"Um..." Ze duwt mijn mond terug naar haar tepel.

"Ik denk van wel. Spreid je benen, Sondra. En trek je slipje opzij zodat ik je kan proeven."

Haar knieën gaan open en ze trekt het slipje weg.

Ik zweer het, ik had nooit gedacht dat ik op mijn knieën zou gaan voor een meisje. Nu heb ik twee keer in twee dagen mijn lichaam gebogen om bij dit magische poesje te komen. Ik zou verdomme alles doen om het nog eens te proeven. Ik gooi een opgevouwen handdoek op de grond en zak naar beneden, terwijl ik haar poesje tegen mijn mond trek.

Twee likken en ze kreunt en rukt aan mijn haar. Haar poesje wordt nat, nat, nat, en het komt niet alleen door mijn tong. Ik raak haar clitoris aan terwijl ik mijn tong stijf maak en ermee binnendring. Dan lik ik langs haar spleetje, volg de binnenste lipjes. Als ik eindelijk mijn mond over haar clitoris heb laten gaan, gilt ze.

"Alsjeblieft, Nico!" Ze klemt haar dijen om mijn oren.

"Dat is het."

Ik kan niet langer wachten. Ik sta op en trek haar van de wastafel, draai haar om zodat ze naar de spiegel kijkt. "Duw die kont voor me naar achter, kleine meid."

Ze gehoorzaamt.

Ik trek haar slipje naar beneden en uit, en duw haar voeten wijder. Ik kan het condoom niet snel genoeg omdoen. "Knijp in je tepels," beveel ik terwijl ik het over mijn lengte rol.

Ik zie haar gezicht in de spiegel als ik bij haar binnenkom - hoe haar mond zachter wordt en haar kaak openvalt. Het gefladder van haar wimpers als haar ogen naar de hemel rollen. Ik vul haar langzaam, centimeter na centimeter in haar strakke kanaal.

Ze jammert en kromt haar rug nog meer.

"Doet het pijn?"

"Nee." Het klinkt nog steeds als jammeren. "Ik wil het gewoon zo graag."

Ah, fuck. Dat had ze niet moeten zeggen. Want nu kan ik me niet meer inhouden, geen seconde meer. Ik grijp haar heupen en begin haar te neuken alsof er geen morgen is. Ik zorg ervoor dat de voorkant van haar bekken niet tegen de marmeren wastafel stoot, wat betekent dat ik haar heupen op afstand moet houden. Het is niet genoeg. Ik kan er niet hard genoeg in stoten, niet diep genoeg.

Ik sla een arm om haar middel zodat haar heupen mijn arm raken in plaats van de wastafel en nu kan ik haar zo hard neuken als ik wil.

Mijn zicht wordt wazig, mijn dijen trillen al. Ik ga in haar, de lichten exploderen achter mijn ogen bij iedere stoot.

Ik heb haar nodig.

Ik heb dit nodig.

Zo hard.

Ik kan niet meer stoppen. Ik kan niet wachten. Ik kan zelfs niet -

Ik schreeuw, sperma schiet langs mijn schacht. Ik ga diep naar binnen en blijf daar, mijn lippen tegen de achterkant van haar hoofd.

Het voelt zo verdomd goed, dat ik helemaal vergeet om haar te bevredigen.

Gelukkig heeft ze het zelf gevonden, want haar poesje begint in mijn pik te knijpen, de spieren trekken samen in korte uitbarstingen van perfectie.

Ik kan op dat moment sterven en gelukkig zijn.

Ik ben een man die alle materiële dingen heeft en toch geen grammetje plezier in zijn leven ervaart. Geen druppel geluk.

Maar nu, op dit moment, ben ik springlevend. Vliegend, zelfs.

Ik sluit mijn ogen en luister naar mijn eigen hartslag die tegen haar rug slaat. Het vertraagt met haar ademhaling.

En dan ben ik dankbaar. Ik kus haar nek, haar schouder, haar oor. Ik zoek haar slaap en druk mijn lippen op die plek. "Dank je," mompel ik. Het is niets voor mij om iemand te bedanken. Zo ben ik niet.

Ik ben de klootzak die neemt wat hij wil.

En dat heb ik net gedaan.

Maar nu bedank ik haar. Ik zou alles doen wat ze van me vroeg op dit moment.

Wat is er verdomme mis met mij?

"Wil je wat eten, schatje?"

"Ik heb geen tijd voor mijn werk," mompelt ze.

Iets doet pijn in mijn borstkas. Ik kan er niet tegen dat ik haar naar haar werk stuur na wat we net gedaan hebben. Vooral niet om voor mij te werken. En al helemaal niet om schoon te maken. Mijn meisje hoort geen kamers schoon te maken om van te leven. Ze is verdomme een professor.

Ik had misschien een kleine obsessie voor haar in dat strakke roze jurkje, maar het voelt verkeerd.

Toch kan ik haar geen geld geven voor seks. Ik ga geen hoer van haar maken.

"Je werkt vandaag niet," grom ik.

Ze verstijft, of het nu komt door mijn bazige toon of door wat ik gezegd heb, ik weet het niet zeker. Haar haren vallen voor haar gezicht waardoor ik het niet kan zien. "Ik heb me net drie dagen achter elkaar ziekgemeld. Ik denk dat ik maar beter kan opdagen vandaag." Ze tilt haar hoofd op en kijkt me in de spiegel aan. "En jij belt niet voor mij. Ik wil niet dat mensen weten dat ik met de baas naar bed ga."

Mijn kaak verstrakt en ik trek me terug om het condoom weg te gooien. De pijn in mijn borst wordt erger. Niets klopt er nog, maar ik weet niet hoe ik het goed kan maken. En ik heb zelfs een fatsoenlijke nachtrust gehad. Verdomme, dit meisje heeft me helemaal in haar macht.

Ik wil zeggen dat ze ontslagen is. Dat wil ik echt. Maar ik weet dat ze het geld nodig heeft. En ook, ik ben een vreselijke, egoïstische klootzak en het ergste deel van mij wil haar hier houden, onder mijn beschermende hand. Onder mijn toezicht. Ik vind het leuk dat ze me haar baas noemt, hoe verkeerd dat ook is.

Ik knoop mijn broek dicht en haal mijn telefoon uit mijn zak. Ik bel Samuel, het hoofd van de schoonmaak, terwijl Sondra langs me loopt en zich aankleedt.

"Luister, ik moet met je praten over Sondra Simonson, de schoonmaakster die de penthouse suites schoonmaakt."

"Ja, meneer Tacone."

Hoe ga ik dit laten werken op een manier dat Sondra niet boos wordt of zonder dat ik haar in verlegenheid zal brengen? Het is misschien niet mogelijk. Samuel zal weten dat ik haar neuk.

Ik ga op de rand van haar bed zitten om te kijken hoe ze zich aankleedt. "Ik wil haar een nieuwe taak geven hier." Ik huiver als Sondra zich omdraait en me aanstaart. "Ze zal geen tijd hebben om de andere twee penthouse suites schoon te maken. Alleen de mijne. Ik heb wat extra persoonlijke assistentie nodig - en ik heb extra klusjes voor haar als ze in mijn suite is."

Sondra zet haar handen op haar heupen. Ze drukt haar lippen stevig op elkaar.

Ik zet de telefoon op luidspreker zodat ze kan horen hoe rustig Samuel dit opneemt. "Natuurlijk, Mr. Tacone. Vanaf vandaag?"

"Ja. Ik heb er al met haar over gesproken, maar je kunt haar zeggen dat ze zich direct in mijn suite moet melden bij het begin van haar dienst."

"Enige verandering in haar uurtarief?"

"Ja, verdubbel het."

Samuel schraapt zijn keel. "Absoluut. Ik zal het aan de personeelszaken laten weten, tenzij u dat al gedaan heeft."

"Dat heb ik niet. Zeg dat ze het vandaag laten ingaan, maar deze nieuwe functie is op proef."

"Begrepen. Hoe lang is de proeftijd?"

Ik kijk weer naar Sondra. Hoelang kan ik haar houden? Hoelang voordat ze slimmer wordt en vertrekt? Voordat ze de baan vindt die ze verdient? Voordat ik stop met haar leven te ruïneren?

"Vier weken."

"Dank u, Mr. Tacone."

Ik hang op zonder hem terug te bedanken, want zo'n klootzak ben ik.

Sondra blik lijkt boos, of gaat ze huilen? Tragisch, het is een blik die ik al eerder op haar gezicht heb gezien. Meerdere keren.

Ik steek mijn armen uit. "Kom hier, alsjeblieft."

Zo. Ik zei zelfs alsjeblieft.

Ze zou waarschijnlijk ook zonder gekomen zijn, maar ik probeer haar te kalmeren. Ze loopt naar me toe, haar blik straalt angst uit.

Ik trek haar tussen mijn benen en streel de zijkant van haar heupen. "Hij denkt niets, schatje. Hij weet dat ik zijn lul aan de muur zou nagelen als hij ook maar overwoog iets over mijn privéleven te denken."

Haar lippen trekken omhoog in een aarzelende glimlach. "Wat is die persoonlijke assistentie die je nodig hebt?"

Ik laat mijn handen over haar kont glijden. "Ik ga je niet betalen om seks met me te hebben, schatje. Want dat zou een belediging zijn en ik heb je al eerder op die manier beledigd." Ik laat mijn handen langs haar dijen glijden en dan omhoog in haar rok. "Ik wil gewoon niet dat je in de kamers van die andere kerels komt. Ik zou ze verdomme moeten vermoorden omdat ze naar je kijken in die jurk. En ik zou je een pak slaag geven als je een andere man een dienst bewees. Zelfs als het voor je werk is. Begrijp je?"

Ze schuift op en knijpt haar dijen samen alsof ik haar net heb opgewonden in plaats van dat ik haar een of andere irrationele bezitterige onzin vertel die haar zou moeten doen vluchten.

"Oké," zegt ze. "Bedankt, denk ik."

Ik pak de telefoon weer op en kijk naar de tijd. "Dus jij gaat aan je dienst beginnen en ik zal roomservice bestellen. Wat wil je als ontbijt?"

Op haar gezicht verschijnt een stralende glimlach waardoor ik op mijn knieën wil gaan zitten en haar wil likken tot ze weer gilt. "Pannenkoeken en bacon. En bessen en slagroom. En een halve grapefruit."

Ik knijp in haar heup en sta op om haar een snelle kus te geven. Ik wil dit meisje verwennen en het feit dat ze me deze keer mijn gang liet gaan geeft een voldoening die bijna net zo krachtig is als haar opeisen.

~

## SONDRA

HIJ KAN NIET VAN ME AFBLIJVEN. Ik zou er niet zo opgewonden over moeten zijn, maar dat ben ik wel. Ik weet dat deze achtbaan waarschijnlijk op een ramp uitloopt, maar ik kan er gewoon niet af.

Ik ga naar het kantoor van de schoonmaak om aan mijn dienst te beginnen. Natuurlijk betuttelt Nico me door me aan te stellen als zijn persoonlijke schoonmaakster. Als ik enige trots of gezond verstand had, zou ik teruggaan naar Corey's huis en weigeren om zijn fantasieën over het neuken van de schoonmaakster waar te maken.

Zeker gezien de blikken die ik van de andere schoonmaaksters ga krijgen wanneer ik kom opdagen.

Fuck. Alle 6080 Bellissimo werknemers weten nu waarschijnlijk dat ik met de baas slaap.

Ik klok in en duw het schoonmaakkarretje naar Tacone's penthouse suite. Hij is er nog niet en ik begin snel, ik wil snel klaar zijn voor het geval hij al mijn aandacht opeist.

De roomservice arriveert voor hij er is. Het is raar om het geklop te beantwoorden, maar de ober buigt. "Goedemorgen, mevrouw Simonson. Waar wilt u het eten hebben?"

Oh hemel. Hij heeft mijn naam gezegd aan zijn personeel. Ik wijs naar de tafel bij de muur van ramen en hij zet het daar neer.

Nico komt een paar minuten later binnen. Ik ben terug in de slaapkamer, het bed aan het opmaken. "Wat ben je verdomme aan het doen?" vraagt hij.

Ik zou inmiddels aan zijn harde manier van doen gewend moeten zijn, maar dat ben ik niet. Toch laat ik mijn vlechtjes draaien terwijl ik me omdraai. "Wat bedoel je?"

"Ik heb je uitgenodigd voor het ontbijt, niet om mijn kamer schoon te maken."

"Ik dacht dat je het leuk vond om mij te zien schoonmaken."

Zijn lippen trekken. Hij steekt zijn hand uit en mijn voeten bewegen om het gebaar te gehoorzamen voordat ik er zelfs maar over heb nagedacht of het wel verstandig is. Ik leg mijn hand in de zijne en hij leidt me naar de woonkamer en trekt een stoel van de tafel voor me achteruit. "Dat vind ik zeker leuk, bambina. Maar ik wil niet dat jij je een hoer voelt." Zijn toon is nog steeds kortaf. Ongeduldig. Hij is ook nog niet bij me aan tafel gaan zitten. Ik krijg het gevoel dat hij niet blijft.

"Dus dan moet ik eigenlijk mijn werk doen, toch?"

Hij zucht. "Nee, verdomme. Laten we eerlijk zijn. Ik wil wel dat je mijn hoer bent. Je trekt die outfit aan en paradeert door deze suite voor mij en ik betaal elk bedrag dat je van me vraagt - op de loonlijst of contant. Dus nu weet je het. Denk na over je voorwaarden."

Ik staar hem aan, te verbijsterd om te spreken.

"Luister, ik moet gaan - er is iets tussen gekomen. Ik heb familie die vanavond naar de stad komt, maar kan ik je morgen mee uit eten nemen?"

Ik ben verbijsterd. Mijn gezond verstand zegt, maak dat je wegkomt. De Stem van het Kwaad zegt, "Tuurlijk."

"Goed. Ik haal je om zes uur op." Hij pakt een aardbei uit de schaal met bessen en houdt die voor mijn lippen.

Het is moeilijk om de intensiteit van zijn donkere blik te weerstaan wanneer ik een hap neem.

Nico draait de afgebeten aardbei om en kijkt ernaar, opent dan zijn mond en eet op wat er nog van over is.

Een rilling loopt over mijn ruggengraat. Maar dat is stom. Het was gewoon een aardbei. Het is niet zo dat hij zojuist een of ander maffiaritueel voltooide dat mij voor altijd aan hem bond.

# 8

*Nico*

Ik ben net een Jedi ridder. Ik zweer dat ik de rimpeling in het krachtveld voel wanneer mijn broer de staat binnenkomt. Ik ben niet langer koning van mijn heuvel.

De grote baas is in de stad.

Junior is de eerstgeborene, tien jaar ouder dan ik en verschrikkelijk eng. Als kind was ik er soms zeker van dat hij me zou vermoorden. Hij hield m'n hoofd onder water in het zwembad tot ik flauwviel of ging op me zitten om m'n oren te doen suizen tot ik alles deed wat hij van me vroeg. Onze vader zei niet dat hij moest ophouden, waarschijnlijk omdat hij Junior en mijn andere broers op dezelfde manier opvoedde. Geweld is een deel van onze wereld. Het hoorde ook bij ons gezinsleven.

Maar ik heb me nooit op mijn jongere broer afgereageerd. Ik lette op Stefano, beschermde hem tegen onze grote broers, neven en vader. En in ruil daarvoor, werd hij voor altijd loyaal aan mij. We verschillen drie jaar, maar zijn hecht. Zijn vertrouwen in mij is waarschijnlijk de reden dat ik de moed had om iets anders te proberen in plaats van in mijn vaders voetsporen te treden.

En sindsdien heb ik mijn succes, in de ogen van mijn familie, tot een minimum beperkt. Want het laatste wat ik wil is dat de rest van hen zich op mijn terrein begeeft.

Dus de komst van Junior heeft me op het randje gebracht.

Ik heb Tony met een limousine gestuurd om hen in de hangar op te pikken en hij stuurde me een sms dat hij op weg is naar het casino. Ik ga naar de voorkant om ze persoonlijk te begroeten, want familie krijgt de koninklijke behandeling.

Mijn werknemers begroeten me met eerbied. De parkeerwachters en piccolo's stoppen met kletsen en staan rechtop als Britse soldaten die de koningin beschermen.

Wanneer de limo stopt, open ik zelf de achterdeur en help mijn moeder uit het voertuig. Ik krijg vier kussen op mijn wangen, over en weer, en een heleboel begroetingen met grote handgebaren.

Zelfs in de buurt van de soldaten die ik uit Chicago heb meegenomen - Tony, Leo en mijn neef Sal - ben ik verbaasd over hoe Siciliaans mijn moeder is. Vegas heeft me beïnvloed en heeft de oude sfeer van Junior en mijn moeder verzacht.

Ik krijg een rugbrekende knuffel van Junior. Tony gooit de sleutels naar de bediende en zorgt ervoor dat de piccolo hun koffers uit de kofferbak haalt. Ik begeleid ze naar hun luxe suites en luister de hele tijd naar het geklets van mijn moeder die de laatste nieuwtjes over elk familielid vertelt. Ik luister maar half tot ze zegt: "Het Pachino-meisje is nu van school, Nico."

Het lange oefenen in het verbergen van emoties voor de vernauwde blik van mijn grote broer zorgt ervoor dat er niets van mijn gezicht af te lezen is. We staan in de lift, wat het nog benauwder maakt. "Oh ja? Goed voor haar."

"Je moet contact zoeken met Giuseppe," zegt Junior. "Ik heb al contact met hem gehad."

De spieren in mijn nek verstijven. Dit is het moment. Ik heb al veel te lang gezwegen over deze kwestie. "Ja, dat zal ik doen. Ik trouw niet met haar."

Mijn moeder wordt stil en Junior draait zich volledig naar mij toe. "Verdomme dat gaat niet gebeuren."

"Jij bent de baas niet," snauw ik.

Juniors uitdrukking wordt koud en hard. Ik heb hem zien moorden met diezelfde dodelijke blik.

Ik stop mijn handen in mijn zakken en sla mijn blik neer, om mezelf te dwingen sympathieker over te komen. "Luister, ik zal er met Pops over praten. Ik denk dat we tot een andere regeling kunnen komen die even gunstig is voor de Tacones als voor de Pachinos."

Zo. Ik heb het gezegd. En dat is alles wat ik ter verdediging heb. Ik heb geen andere ideeën, want dit is een kwestie waar ik het grootste deel van mijn leven bewust niet over heb willen nadenken.

De lift komt aan op hun verdieping en ik begeleid ze naar buiten.

Junior snuift. "Dan kun je het maar beter snel doen. Ik heb vorige week met Pachino gesproken. Hij wacht op de voltooiing."

Ik kan moeilijk geloven dat Pachino zo bezorgd is, terwijl niemand er een woord tegen me over heeft gezegd sinds het meisje achttien is geworden. Als ze haast hadden, zouden ze de zaak vier jaar geleden hebben doorgezet.

Ik haal mijn vingers door mijn haar.
Cazzo.
"Ik zal ervoor zorgen."

"Dat is je geraden." Het vuur in zijn stem is het soort dat mannen op hun knieën brengt.

Ik schuif de sleutelkaart in het slot van de kamer van mijn moeder en open de deur. "Na u," mompel ik en ze begint weer ademloos te vertellen over alles en iedereen thuis.

# 9

*Sondra*

"Ik ben van gedachten veranderd," zeg ik tegen Corey, met mijn gsm tussen mijn oor en mijn schouder geklemd terwijl ik rondloop op het balkon van mijn Bellissimo suite. "Ik wil niet met hem op date gaan."

"Oké, dan moet je niet gaan," zegt ze geduldig. "Je moet daar niet blijven. Je moet daar niet werken. Ik kom je nu meteen ophalen."

Ze kwam na haar dienst al langs en ik vertelde haar de laatste stand van zaken. Nu heb ik haar thuis gebeld om verder te praten.

Ik kijk over de rand van het balkon naar de drukte beneden. "Een snelle gekke affaire met Nico Tacone is één ding, maar met hem uitgaan? Dat is een slecht idee."

"Mee eens," zegt Corey. "Dus zeg de date af."

"Ik heb niet eens zijn telefoonnummer. Ik moet wachten tot hij komt opdagen."

"Waar maak jij je echt zorgen over? Zeg het gewoon, ook al vind je het stom klinken."

Corey kent me zo goed.

"Ik heb niets om aan te trekken," flap ik eruit. Daar gaat het eigenlijk niet om, maar het lijkt mijn dilemma te symboliseren. Ik kan Nico Tacone niet aan en alles wat het zou kunnen betekenen om met hem op date te gaan.

Ik ben er nog niet klaar voor om de vriendin van een maffiabaas te zijn. En ik zou er zeker geen moeten neuken.

Dit is een man die een pistool in een holster onder zijn arm draagt. Een man die betrokken is bij de misdaad en de onderwereld. Een moordenaar.

Er wordt op de deur geklopt.

Shit!

Ik sta nog in mijn bh en ondergoed, heb vijftien outfits aangetrokken en door de kamer gegooid.

"Hij is hier," fluister ik haastig in de telefoon.

"Zeg hem dat je je niet goed voelt."

"Maar ik ben een slechte leugenaar."

"Zeg hem gewoon -"

De sleutelkaart glijdt door het slot en de deur zwaait open. Juist. Omdat hij een sleutel heeft en hij bezit me nu. En ik heb dit laten gebeuren. Ik word er duizelig van, eigenlijk.

Tacone neemt mijn gebrek aan kleding in zich op en sluit de deur snel achter zich. Zijn ogen glinsteren, donker en serieus. Hij heeft hetzelfde pak aan als vanmorgen, precies op maat gemaakt voor zijn grote, krachtige gestalte.

"Je bent nog niet klaar." Hij klinkt teleurgesteld, alsof ik een dwalende werknemer ben die de instructies niet heeft opgevolgd.

"Ik-ik-ik heb niets om aan te trekken." Ik kies voor de waarheid en zwaai met mijn hand door de verwoeste kamer waar mijn afgedankte kleren aan ieder oppervlak hangen.

Zijn mond beweegt. Hij loopt langzaam door de kamer, alsof hij de eigenaar is. Wat logisch is, want dat is ook zo. Hij raapt een jeansrokje op en gooit het naar me toe. "Dit en" - Hij vindt een mouwloze blouse op het bed - "Dit."

"Luister," zeg ik, mijn hart bonst opeens hard. "Ik denk niet dat dit gaat werken."

Zijn ogen vernauwen zich. "Te laat." Hij tilt zijn kin op. "Trek die kleren aan, ik heb een verrassing voor je."

Terwijl ik nog steeds aarzel, pakt hij de blouse en trekt die over mijn hoofd. " Vooruit. Je zult het leuk vinden, dat beloof ik."

Ik ben bijna opgelucht dat de beslissing voor mij wordt gemaakt. Hij geeft me geen keus, of wel?

Maar diep van binnen ben ik er vrij zeker van dat hij me zou laten gaan als ik oprecht was. Hij weet wanneer ik onzin uitkraam.

Ik trek het jeansrokje en mijn plateausandalen aan, waardoor Nico goedkeurend op en neer naar mijn benen kijkt. Hij geeft me een smak tegen mijn kont als ik langs hem naar de deur loop. Het branderige en tintelende gevoel doet me blozen.

"Wat is de verrassing?" Vraag ik.

Hij lacht. "Eerst eten. Dan de verrassing." Hij begeleidt me naar het restaurant op het dak, het luxe restaurant van het casino. Ik trek aan mijn rok wanneer we binnen gaan.

"Stop daarmee." Hij buigt voorover en mompelt in mijn oor. "Je ziet er prachtig uit."

Het personeel probeert de beste tafel van het restaurant voor ons te vinden, eentje met uitzicht over het hele complex en toch een beetje verscholen in een hoekje voor wat privacy. Hij bestelt een Yamazaki whisky waar ik nog nooit van gehoord heb en ik vraag om de rode huiswijn. Hij schudt zijn hoofd. "Breng haar de 2003 Bannockburn Pinot."

"Natuurlijk, Mr. Tacone."

Als ik een wenkbrauw optrek, knipoogt hij. "Het is goed."

"Je kent je wijnen."

Hij haalt zijn brede schouders op. "Ik vind het belangrijk om alles te weten wat er wordt geserveerd, wordt gezegd of gebeurt in dit casino."

Een tinteling van bewustwording prikt aan de basis van mijn ruggengraat. Het refrein dat altijd terugkeert speelt in mijn hoofd. Dit is een gevaarlijke man. Vergeet dat nooit.

Ik kijk hem aan en bestudeer dan de ruimte. Ik weet niet eens wat voor gesprek ik moet voeren. Naar zijn zaken vragen is waarschijnlijk niet cool, gezien de manier waarop hij naar me snauwde de dag dat we elkaar ontmoetten.

De volgende keer dat mijn blik naar de zijne gaat, wordt hij gevangen. Hij staart me aan met die brandende intensiteit waar mijn maag van omdraait. "Vertel me alles, Sondra Simonson. Ik wil weten wat je bezighoudt."

Ik trap niet in vleierij vandaag. "Jij eerst," zeg ik. "Ik weet niets van je, behalve dat je veel te verbergen hebt en iets hebt met schoonmaakmeisjes."

Zijn lippen trekken samen. "Niet meisjes. Alleen jou. En jij bent verdomme geen schoonmaakmeisje."

"Wat ben ik dan?"

Ik verwacht een definitie van onze relatie, maar hij fronst.

"Je bent een kunstgeschiedenis professor die op de een of andere manier door het luik viel in mijn kleine hoekje van de hel."

Als hij me weer probeert bang te maken, werkt dat niet. Ik heb zijn bedreigingen achter me gelaten. Ik ben nog steeds hier. Ik wil de echte Tacone nu leren kennen. "Vertel me eens iets echts. Niet over zaken. Over jou."

Zijn wenkbrauwen springen omhoog. "Oké... ik heb een broer die op bezoek is uit Chicago en die mijn ballen verpest. Ik kan niet wachten tot hij weer vertrekt." Hij wrijft met zijn hand over zijn gezicht. "Dat blijft natuurlijk wel tussen jou en mij."

"Ouder?"

"Ja, natuurlijk. Denkt dat hij de baas van de familie is."

"Omdat je vader in de gevangenis zit." Als Tacone me scherp aankijkt, haal ik mijn schouders op. "Ik weet hoe ik Tacone Criminele Familie moet googelen."

Zijn gezicht ontspant zich tot een vluchtige glimlach. "Ja, precies."

"Moet moeilijk zijn, al die alfamannetjes in één familie."

Hij barst in lachen uit, diep en rijk. De maître en de bediening kijken verbaasd om, alsof ze niet wisten dat hij kon lachen. Ik word het voorwerp van nieuwsgierige blikken.

"Ja, ik denk het. Ik hou er wel van om de leiding te hebben. Ik ben de vierde zoon, dus ik wist dat ik nooit het koninkrijk zou erven. Ik denk dat ik daarom zo hard heb geprobeerd om van hen af te komen. Of toch zo vrij mogelijk te zijn. Buiten de staat, mijn eigen zaken. Het was een verdomde noodzaak."

"Dus hoeveel broers en zussen in totaal?"

"Vijf."

"Namen? Volgorde?"

Zijn lippen bewegen. "Wil je deze shit echt weten?" Als ik knik, lacht hij weer. "Oké, let op." Hij houdt zijn hand omhoog om op zijn vingers te tellen. "Junior is de oudste. Dan Paolo, dan Gio. Ik ben de volgende. Stefano is de laatste. Alessia is de baby."

"Je moeder hoopte op een meisje."

Hij lacht weer. "Precies. Moeilijk te geloven dat de rest van ons haar niet gebroken heeft, nietwaar?"

Ik hou van de manier waarop zijn gezicht zacht wordt als hij over zijn moeder praat. Dat lijkt me een goed teken. Een man die van zijn moeder houdt, zal een vrouw goed behandelen. Tenminste, dat is wat de traditionele wijsheid zegt.

"Ze is hier ook op bezoek. Mijn broer zoekt een winterverblijf voor haar. Ik zou je wel willen voorstellen, maar ik vind je te aardig om je te onderwerpen aan mijn familie."

Ik zou willen lachen, maar zijn toon is een tint te donker.

Onze drankjes worden geserveerd en we bestellen ons eten.

"Jouw beurt. Vertel me eens waarom je zo van kunst houdt, bambina."

Ik lach. "Wie kan zeggen waarom hij van iets houdt? Als ik mooie kunst zie, doet het mijn hart smachten. Alsof ik de schoonheid of de vindingrijkheid wil bezitten."

"Heb je ooit kunstenaar willen worden?"

Ik schud mijn hoofd. "Nee. Ik hou er gewoon van om de geschiedenis ervan te bestuderen. Het fascineert me."

"Wie is je favoriete kunstenaar?"

Ik neem een slokje wijn. "Een te moeilijke vraag. Ik zou je mijn favoriet uit elke periode kunnen vertellen?"

"Oké dan." Hij kijkt zo aandachtig naar me, dat ik verschuif in mijn stoel. "Surrealist."

"Het is cliché, maar ik moet zeggen Picasso."

Hij glimlacht alsof ik het goede antwoord heb gegeven. "Ben jij een fan?"

"Ik?" Hij haalt zijn schouders op. "Nooit veel over nagedacht. Ik weet niet of het me wat kan schelen." Zijn telefoon zoemt en hij leest de sms, stuurt dan iets terug. Hij zoemt weer.

Hij vloekt en knijpt de brug van zijn neus dicht. "Sondra, schatje - wil je me even excuseren voor vijf minuten?" Hij staat al recht. "Ga alsjeblieft niet weg. Ik wil je echt iets laten zien na het eten." Hij wacht en kijkt me vragend aan.

Het feit dat hij suggereert dat ik weg zal gaan, zegt me dat het meer dan vijf minuten zal duren. Ik vind het geen leuk idee om hier alleen te zitten, maar het is wel een duur restaurant met gourmetschotels. Ik kan er net zo goed van genieten. En ik zou een trut zijn als ik het Nico kwalijk zou nemen dat hij weg moet. Hij heeft een heel casino te runnen.

Ik knik. Als hij weggaat, haal ik mijn telefoon tevoorschijn om me gezelschap te houden en de ober brengt alleen mijn eten. Mijn maag verkrampt als ik een sms zie van een nummer uit Reno. Ik heb zijn naam niet in mijn telefoon gezet toen ik mijn nummer veranderde, maar ik weet dat dit nummer dat van Tanner is. Hij moet eindelijk iemand gevonden hebben die mijn nieuwe nummer aan hem heeft gegeven.

Sondra, dit is dringend. Je mag de auto houden, maar ik heb iets uit de auto nodig.

De volgende sms kwam een half uur later.

Serieus. Het is echt belangrijk.

Dan een sms van vijf minuten geleden.

Het gaat om leven of dood.

Ik kijk naar de kreeft op mijn bord en verlies mijn eetlust.

Verdorie. Tanner had drugs in de auto liggen. Het besef komt met de kalmte van het oog van een storm. Mijn DJ-party-boy-ex leurde een beetje met ecstasy. Tenminste dat is wat ik wist. Nu lijkt het alsof hij in grotere deals had dan ik dacht.

En de auto? De auto is al lang weg. Ik heb hem naar het autokerkhof laten slepen. Ik bedoel, misschien kan hij hem vinden en terugkrijgen wat hij nodig heeft, maar ik betwijfel het.

~

*Nico*

Ik heb te maken met drie idiote coke-dealers in mijn kerker. Ja, mijn kelder is een verdomde kerker, met een ondergronds netwerk van tunnels die naar de stad leiden. Je zou het catacomben kunnen noemen, omdat hier meer dan één lichaam is begraven.

Het zijn kinderen. Jong. Stom. Makkelijk bang te maken.

De beveiliging betrapte ze toen ze poeder verkochten in mijn nachtclub. Ze hadden de politie kunnen bellen, maar ik handel dit soort zaken liever op mijn eigen manier af. Een klein beetje angst is veel effectiever dan de dreiging van een politiepenning.

Ik knik naar mijn jongere neef Sal, die een van de kerels een klap op zijn neus geeft en hem dan aan zijn haren omhoogtrekt. Ze zijn alle drie onder handen genomen door mijn soldaten.

"Dit is Mr. Tacone, eigenaar van het Bellissimo. Hij wil jullie iets zeggen."

Het kind schijt in zijn broek. Ik loop naar hem toe en kijk op hem neer. "Je denkt dat je drugs kunt verkopen in mijn club? In mijn casino?"

"Het spijt me, Mr. Tacone," de jongen aan de linkerkant brabbelt. "W-we wisten niet wie u was. Dat u eigenaar bent van deze plek. We zullen nooit meer terugkomen."

Ik denk even na. Ik kon deze jongens van mij maken en ze een tiende van hun winst aan mij laten betalen, maar ze zijn te jong en te dom. Ze zouden het toch niet lang volhouden. Ik kies voor het verdwijn-uit-de-stad-dreigement. "Je hebt één dag om mijn stad te verlaten. Als we je hier weer zien, ben je dood. Capiche?"

"Ja, meneer, ja, Mr. Tacone." Alle drie brabbelen ze hun beloften.

Ik knik naar Sal en vertrek. Ik ben gewoon blij dat Junior hier niets van meegekregen heeft anders zou hij er helemaal voor gaan, gewoon voor het drama. Nee, hij is eigenlijk aan het doen waarvoor hij gekomen is - onroerend goed kopen met onze moeder. Ze hebben me deze avond nog gebeld om te zeggen dat ze een bod hadden gedaan op een huis en dat ze morgenvroeg terug naar Chicago zouden gaan.

Normaal zou ik blijven en deze shit wat meer aandacht geven, maar Sondra zit boven, wachtend op mij. Tenminste, ik hoop dat ze heeft gewacht.

Ik heb Tony de opdracht gegeven om haar niet in het casino te zoeken en haar naar boven te sturen om haar gezelschap te houden. Ik kijk op mijn horloge. Verdomme.

Het is al dertig minuten geleden dat ik haar achterliet. Ze is waarschijnlijk al klaar met het diner en het dessert. Het is gek hoeveel ik erom geef dat ze nog blijft. Hoe graag ik haar mijn verrassing wil laten zien.

Ik loop zo snel ik kan door het Bellissimo, de plattegrond vervloekend, omdat het bijna een kilometer is om terug naar het restaurant op het dak te gaan.

Sondra en Corey zijn er nog, maar ik had gelijk - ze hebben hun toetje al op en drinken koffie. En natuurlijk zitten mijn moeder en mijn stomme broer een paar meter verderop.

Ik knars met mijn tanden. Cristo, is het teveel gevraagd om vanavond één ding goed te laten gaan?

Ik maak een omweg naar de tafel van mijn moeder en broer en overlaad ze met mijn meest uitbundige gastheerprotocol. Ze smullen ervan, totdat Junior ziet dat ik een blik werp op Sondra's tafel. Dan vernauwt hij zijn ogen. Hij ziet verdomme veel te veel, mijn broer.

"Als jullie me willen excuseren, ik moet nog wat andere gasten begroeten, maar mijn personeel zal jullie alles geven wat jullie maar wensen."

Mijn moeder biedt haar wang aan voor een kus, maar Junior knikt alleen maar. Ik voel dat hij me in de gaten houdt wanneer ik naar Sondra's tafel ga.

Ik moet haar hier weg zien te krijgen, want als ik die klootzak van een broer van me ken, zal hij het zeker over mijn verloofde hebben als hij vermoedt dat er iets is tussen Sondra en mij.

Corey staat op zodra ik daar aankom en loopt met een koele blik op me af. Ik graai in mijn zak en haal er een fiche van vijftig dollar uit die ik haar in het voorbijgaan geef. Ze neemt het zonder commentaar aan.

Sondra lijkt van streek. Ze staat op en frunnikt aan de riem van haar tas.

Ik begeleid haar naar buiten zonder haar aan te raken, want ik wil niet dat Junior of mijn moeder conclusies trekken. We lopen in stilte, met een dunne lijn van spanning tussen ons in.

Ik ben niet echt iemand die sorry zegt. Toch heb ik het al meerdere keren tegen dit meisje gezegd sinds ik haar ken, dan in het hele afgelopen jaar. "Ik wil me verontschuldigen -"

"Het is oké," zegt ze snel.

Op dat moment realiseer ik me dat er iets anders aan de hand is.

We staan buiten het restaurant en ik stop, trek haar naar me toe. "Wat zit je dwars?"

Ze schudt haar hoofd. "Het is niets."

Ik snauw en leg een knokkel onder haar kin. "Lieg verdomme niet tegen me."

Ze verbleekt en ik sluit mijn ogen.

Cazzo.

Ik heb het geweld van de kelder met me mee naar boven genomen. Sondra verdient mijn humeur niet. Mijn gemeenheid. Ze verdient de duisternis niet die mijn leven is.

Ik sleep haar mee naar de liften en neem er eentje naar mijn suite beneden. Ik wilde haar mijn verrassing laten zien, maar dat zal moeten wachten. Ik moet weten wat er in haar hoofd omgaat.

Op het moment dat we binnen zijn, vouw ik mijn armen over mijn borst.

"Praat."

Ze bijt op haar lip en kijkt weg.

"Sondra." Ik laat autoriteit in mijn stem doorklinken. Ik weet dat ik haar niet moet intimideren, maar het zit in mijn bloed.

"Ik heb misschien je hulp nodig. En ik heb er een hekel aan om die te vragen."

Opluchting giert door me heen. Ze heeft een probleem dat ik kan oplossen. Dit is waar ik goed in ben. "Heb je geld nodig? Het is van jou." Dat is meestal het probleem dat ik voor andere mensen moet oplossen. Dat of ze hebben bescherming nodig. Of ze eisen dat er gewelddadige gerechtigheid wordt toegepast.

De ellende op haar gezicht doet mijn vertrouwen wankelen. "Wat is er, piccolina? Vertel het me gewoon."

"Het is niet voor mij. Dat is eigenlijk het probleem. Het

is niet eens voor iemand waar ik om geef, behalve dat ik niet wil dat hij vermoord wordt."

En dan wordt mijn hart keihard, een blok beton. Dit gaat over haar ex.

"En zijn leven is in gevaar door mij, dus... voel ik me verantwoordelijk."

Geweld giert door me heen als een storm. Ik wil haar verdomde ex vermoorden omdat hij het lef had om geboren te worden.

"Vertel me niet dat dit over je verdomde ex gaat."

Ik weet al dat het zo is.

Haar schouders zakken naar beneden. "Het spijt me zo." Haar stem is nauwelijks luider dan een fluistering.

Ik loop van haar weg. "Waar heb je spijt van?"

"Dat ik dit aan je vraag."

En dat is wat me in een moeilijke positie brengt. Ik kan haar niets weigeren, ook al is het voor een andere figlio di puttana. Ik steek mijn handen in mijn zakken om te voorkomen dat ik vuisten maak en draai me naar haar toe. "Wat heb je nodig?"

"Misschien heb ik niets nodig. Ik bedoel, hij komt naar Vegas om de auto te zoeken op de schroothoop."

Ik kan niet tegen de manier waarop ze aan de riem van haar tas frunnikt, ik kan niet tegen haar onrust.

"Hij had er drugs in verstopt. Ik denk heel veel. En hij is iemand nu dertigduizend schuldig."

Ik draai me weg wanneer de donkerrode woede mijn zicht overspoelt. Mijn vuist kraakt door de gipsplaat voor me.

"Nico," snikt ze. "Vergeet het. Het spijt me." Als ik me omdraai, zie ik tranen over haar wangen lopen.

Mijn hersens slaan op hol, willen de man die haar aan het huilen heeft gebracht geweld aandoen, niet beseffend dat ik dat ben. Na een adempauze komt een ander instinct in me op en de behoefte om haar te troosten leidt me door de ruimte. Ik wil haar in mijn armen nemen, haar gezicht vasthouden en de tranen wegvegen, maar ik vertrouw mezelf niet om haar aan te raken. Niet wanneer ik zo graag iemand pijn wil doen.

"Huil je om hem?" vraag ik, te hard.

Tot mijn verbazing geeft ze me een klap op mijn borst. "Nee, ik huil om jou." Het lukt me op de een of andere manier om niet terug te deinzen. Haar woorden raken me. "Ik huil omdat jij denkt dat ik iets om hem geef. Om wat ik onze relatie aandoe door hierom te vragen."

En dan ben ik verloren in opluchting. In dankbaarheid. Mijn handen zijn overal om haar heen, rukken haar kleren uit. Ik laat mijn mond op de hare vallen en duw haar tegen de muur. Ik heb haar rok omhoog, haar slipje opzij getrokken en mijn vinger strijkt langs haar bedauwde spleetje. "Wat is onze relatie, bambi?"

Ze verstijft, maar ik trek me niet terug. Ik verslind haar mond, duw een vinger in haar. "Wat is onze relatie? Zeg je dat je mijn meisje bent?"

"Nico," jammert ze, haar hoofd glijdt langs de muur terwijl ik mijn vinger in en uit haar duw.

"Huh? Ben je van mij, Sondra?" Ik duw nog een vinger naar binnen, neuk haar met allebei. "Ga je nu aanvaarden dat dit poesje van mij is? Zal je het me altijd geven als ik erom vraag?"

Ze klemt zich vast aan mijn onderarmen. Kleine sekskreten komen van haar lippen, maar ze duwt me weg. Ik weet dat ik veel te ver ga, maar ik kan mezelf niet tegenhouden. Ik wil het haar horen zeggen. Ik wil dat ze toegeeft dat ze van mij is.

"Nico," ze herhaalt mijn naam.

"Zeg het, schatje. Je hoort nu bij mij. Zeg het en ik zal

de figlio di puttana helpen. Als je maar belooft nooit meer met hem te praten."

"Ik beloof het," zegt ze snel.

Ik trek mijn vingers terug en ze hijgt verbaasd, haar ogen gaan open en focussen zich op de mijne. "Zeg het."

"Ik hoor bij jou."

"Goed zo meisje." Pure kracht stroomt nu door me heen. Zoals de adrenaline van een gevecht, van een moord. Ik haal een condoom uit mijn zak en maak mijn riem los.

Ze kijkt me met glazige ogen aan, haar borst nog trillend van het vingeren.

Ik maak snel werk van het condoom en druk haar plat tegen de muur, terwijl ik mijn pik tussen haar benen duw.

Ze neemt me en tilt een been op om me naar binnen te trekken.

"Dat is het, piccolina. Neem elke verdomde centimeter van me. Dit is de pik die jou bezit."

Haar kreten worden luider, haar hoofd rolt tegen de muur. Het gat waar mijn vuist doorheen ging is net rechts van haar, een herinnering aan wat ik heb verdiend.

Ze slaat beide benen om mijn middel, net zoals in de douche en ik ga nog dieper in haar. Ik wil haar zo hard neuken dat haar tanden klapperen, ik draag haar naar de slaapkamer en leg haar op de rand van het bed. Dan ram ik in haar, mijn verstand verdwijnt met elke krachtige stoot. Ik ben als een gladiator of een meedogenloos, bronstig beest. Ik denk niet aan haar genot, hou me niet in voor het geweld waarmee ik haar moet opeisen.

Het ene moment denk ik dat ik de hele nacht door kan gaan en mijn pik keer op keer in haar kan steken tot de aarde uit elkaar valt. En het volgende, kom ik klaar als een sneltrein.

Ik brul en stoot diep.

Sondra gilt en slaat haar benen op mijn rug, gebruikt

haar hielen om me nog dieper te trekken. Ik kom en kom en kom nog meer terwijl haar spieren om mijn pik knijpen.

En dan vallen we uit elkaar. Ik wankel naar de badkamer om het condoom weg te gooien.

Als ik terugkom, zit Sondra rechtop, met haar ogen wijd open en angstig. Ze staat op en trekt haar rok naar beneden.

"Hey." Ik wil haar vastpakken, maar ze draait zich weg. Ik trek haar terug tegen mijn borst, sla mijn armen om haar heen en hou haar stevig vast. "Je bent bang."

Ze ademt lang en trillerig in.

"Je hoeft niet bang voor me te zijn, piccolina. Ik ben een klootzak. Ik zeg domme dingen. Dat betekent niet dat ik je niet respecteer." Ik draai haar naar me toe. Ze barst weer in tranen uit en ik word ijskoud. Wat heb ik gedaan? "Het spijt me." Ik neem haar hoofd vast en til haar gezicht op. "Heb ik je pijn gedaan? Kijk me aan, Sondra. Alsjeblieft? Had je het gevoel dat ik je dwong?"

"Nee." Ze antwoordt onmiddellijk, wat me een beetje oplucht.

"Wat is het dan?"

Ze veegt haar tranen weg. "Het was gewoon intens."

Ik trek haar tegen mijn lichaam aan en hou haar stevig vast. "Verdomme, ja, het was intens. Voor mij ook."

Ze knippert met die grote blauwe ogen naar me. "Waarom was het intens voor jou?"

Ik denk even na. Ik wil eerlijk antwoorden, maar het antwoord jaagt me de stuipen op het lijf.

Omdat ze om me geeft. Ze geeft om mij. En om onze relatie.

En dat is precies waarom ik niet moet sollen met die lieve Sondra Simonson. Omdat ik niet eens in de verste verte beschikbaar ben. Zelfs als ik niet aan een ander was beloofd, zou ik niet de tijd en aandacht aan haar kunnen besteden die ze verdient. Kijk eens hoe slecht het vanavond ging - onze date verpest door een incidentje dat hier zowat elk uur gebeurt.

Sondra heeft me haar hart al gegeven en ik zou de slechtste stronzo zijn als ik het zou nemen.

De allerslechtste.

~

*Sondra*

"Dus je gaat helpen?"

Nico grimast, maar hij knikt. "Ik zal je helpen."

Ik grijp zijn arm vast. "Je doet hem toch geen pijn?"

Zijn neusvleugels wapperen. "Ik kan er verdomme niet tegen dat je me smeekt voor hem, bambi."

Ik kan er eigenlijk ook niet tegen. Tanner zou mijn relatie met Nico niet mogen verpesten. Maar ik voel me verantwoordelijk omdat ik de auto mee heb genomen. Ik wist toen ik het deed, dat het verkeerd was, maar ik wilde hem straffen. Maar niet met de dood.

Ik laat mijn voorhoofd tegen zijn borst zakken en hij streelt de achterkant van mijn nek. Ik kan nog steeds niet geloven dat zo'n machtige man me zo graag ziet, maar weten dat hij bereid is me dit te geven, betekent alles.

"Ik zal hem geen pijn doen," mompelt hij, met afschuw in zijn stem. "Maar als het me dertig ruggen kost, dan zal ik het van jouw kont terugeisen."

Ik draai mijn hoofd omhoog om zijn uitdrukking te lezen en zie hem grijnzen. Mijn billen klemmen zich samen bij het dreigement. Bedoelt hij meer klappen? Want ik vond het iedere keer heerlijk als hij dat deed.

"Geef me de details over de auto. Ik zal mijn mannen

er vanavond heen sturen om de drugs te vinden." Ik vertel hem zoveel mogelijk over de auto en de schroothoop en hij pakt zijn telefoon en blaft bevelen. Wanneer hij ophangt, bedank ik hem.

"Krijg ik nog steeds mijn verrassing?"

Hij barst uit in een bulderende lach en hij lijkt zelfs verbaasd te zijn. "Ja, piccolina. Vooruit." Hij pakt mijn hand en plotseling lopen we de deur van zijn suite uit, terug de lift in. Hij gebruikt zijn sleutelkaart om een nummer in te toetsen, wat betekent dat we naar een privéverdieping gaan. Ik ben nieuwsgierig.

Hij duwt me tegen de liftwand en eist mijn mond op, stopt niet met zoenen tot de deuren opengaan en ik kronkel. Dan draait hij aan een dimmer en trekt me de lift uit, we lopen snel door wat kantoren van het management lijken te zijn. We komen aan bij een deur met aan weerszijden een bewaker.

"Mr. Tacone." Ze knikken met hun eerbiedige groet. Nico drukt met zijn duim op het toetsenbord en brengt dan zijn oog op ooghoogte voor een netvliesscan.

High tech.

De zware deur klikt van het slot en één van de bewakers trekt hem voor ons open.

We stappen in een gigantische kluis, zo groot als een kamer. Karren met keurig gebundeld geld doen mijn ogen uitpuilen, maar Nico loopt naar een kast, die hij opent. Hij haalt er een rechthoekig object uit, gedrapeerd in zwarte stof.

Kunst.

Ik haast me naar hem toe, mijn hart gaat al sneller kloppen. Ik weet al voordat hij het tevoorschijn haalt dat het een Picasso is. Toch gaat er een rilling van plezier, van herkenning, door me heen. Het is uit zijn blauwe periode, van een vrouw zittend in een stoel.

"Nico," adem ik in. "Waar heb je dit vandaan?"

Hij kijkt helemaal niet naar het schilderij, hij kijkt alleen maar naar hoe ik erop reageer.

"Ik ontvang af en toe schulden in de vorm van kunst en edelstenen."

"Weet je wat dit waard is?"

"Ik heb het laten taxeren." Hij zegt dit nonchalant, alsof het schilderij van tien miljoen dollar hem niet interesseert.

"Wat is de naam van dit schilderij? Ik heb er nog nooit foto's van gezien."

"Vrouw in Stoel." Hij reikt in de kast en haalt er een ander schilderij uit, dan nog een. Hij onthult vier Picasso's, een Rembrandt, twee Rothko's en een Renoir.

Ik ben bijna flauwgevallen tegen de tijd dat ik ze allemaal van dichtbij heb bekeken. "Je zou deze tentoon moeten stellen. Het Bellissimo Museum oprichten of zoiets."

Nico heeft zijn handen in zijn zakken. Hij staat op de achtergrond en observeert me, alsof ik het zeldzame en waardevolle meesterwerk ben. "Dat zou kunnen. Dan moet ik wel investeren in zware beveiliging. Plus, dan weet iedereen en mijn broer hoeveel rijkdom ik hier bezit."

"Dat is waar, maar het kan een aantrekkingskracht hebben. Het zou je casino kunnen kenmerken als iets heel speciaals. De must-see van Las Vegas." Ik snak naar adem als een idee bij me opkomt. "Je zou de hele plek om kunst kunnen laten draaien. Ga in zee met Italiaanse kunstenaars en decoreer de verschillende torens naar verschillende periodes."

Nico's ogen glinsteren en zijn lippen krullen in een glimlach. "Dat is een idee, ja."

Hij pakt de schilderijen één voor één weer in en legt ze

terug. Als hij mijn hand pakt om me naar buiten te leiden, zegt hij: "Je vindt ze echt mooi."

Mijn mond valt open. "Hoe kan het ook anders?"

Hij grinnikt. "Voor mij zijn ze gewoon een andere vorm van geld. Een spreiding van mijn portefeuille. Voor jou, zijn ze als - ik weet het niet - levende wezens."

Ik lach, want dat is precies hoe ik kunst zie. "Ja. Ongelooflijke levende wezens. Ze zouden tentoongesteld moeten worden."

Hij leidt me terug naar de lift. "Ik doe je een voorstel. Ik zal een museum opzetten - de Bellissimo verfraaien, als jij het leidt en inricht."

Ik stop halverwege. "Echt? Je zou mij de leiding geven?"

"Natuurlijk. Wie zou ik anders moeten aanstellen?"

Ik gooi mijn armen om hem heen omdat die schilderijen al in mijn ziel zitten. Ze roepen me al, ze smeken om getoond te worden, om gevierd te worden. "Dank je. Ik zou het graag doen."

Hij lacht naar me. "Je bent gelukkig." Hij klinkt half verbaasd, half tevreden.

Ik kus zijn gestoppelde kaak. "Zo gelukkig."

"Goed."

Hij neemt me mee naar zijn suite, maar als hij de deur opendoet, dwingt hij me naar binnen, maar doet hem niet dicht. "Ik heb werk te doen, maar ik wil dat je vannacht in mijn bed slaapt."

Hij vraagt het niet. Het is een bevel.

"Wat als ik nee zeg?" Vraag ik, testend.

Hij trekt een wenkbrauw op. "Waarom zou je?"

Goed punt. Waarom zou ik dat doen? Alleen om te bewijzen dat hij me niet bezit? Heb ik niet net beloofd dat hij dat wel deed?

Ik denk dat ik moet weten hoe diep ik erin zit. Zou hij

me laten gaan als ik nee zei? Of zou hij Tanner tegen me gebruiken? Hoe echt is dit?

Ik neem het terug - ik wil het niet weten. Ik wil mijn hoofd diep in het zand steken en genieten van wat ik heb. Een ongelooflijke nieuwe kans op een baan.

En een man die mij belangrijk vindt.

En het feit dat hij een gevaarlijke crimineel is, kan ik wel even onder het tapijt vegen.

"Ik heb mijn tandenborstel hier niet."

Nico's lippen bewegen. "Ik zal er eentje voor je laten brengen. Ik moet gaan en ik wil niet dat je in je eentje door het casino loopt."

Ik rol met mijn ogen en hij trekt een strenge wenkbrauw op. "Doe me een plezier, cucciola mia. Ik moet weten of je hier bent om mijn bed warm te houden met dit hete kleine lichaam."

Hij trekt me tegen zich aan en ik smelt tegen zijn harde gespierde lichaam.

"Wat is cucciola?"

"Huisdier. Ik noemde je mijn huisdier."

Dat lijkt me een passende naam voor een vrouw die hij denkt te bezitten.

Ik slik mijn zenuwen in. Hij respecteert me. Hij heeft net een droombaan voor me gecreëerd. Ik hoef niet bang te zijn.

Of wel?

## 10

*Nico*

Ik ga mijn suite binnen rond vijf uur 's ochtends. Zoals elke nacht deze week, ligt Sondra in mijn bed te slapen. Waar ze hoort.

Mijn jongens vonden de drugs in haar auto - een half pond molly, met een straatwaarde van meer dan $30K. Ze leverden het af bij haar klootzak van een ex met een mild pak slaag en de waarschuwing nooit meer contact met Sondra op te nemen. Probleem opgelost. Ik ben niet eens meer boos, omdat ik haar held mocht zijn.

Ik sta in de deuropening en kijk naar haar, zo mooi, met een zoete uitdrukking terwijl ze slaapt. Als ik een nette man was, zou ik haar laten slapen. Maar ik kan verdomme niet slapen voordat ik mijn pik in haar heb gestoken, dus trek ik mijn kleren uit en klim over haar heen.

Ze mompelt iets in haar slaap, haar knieën wijken om ruimte voor me te maken. Mijn pik is harder dan steen en lekt al voor haar. Ik heb de hele verdomde nacht op dit moment gewacht, maar ik had drie privé-spelletjes te regelen die mijn aandacht opeisten.

Sondra draagt een tanktop en een roze satijnen slipje. Ik trek haar topje omhoog en geniet van een tepel.

"Nico." Ze gaat met haar vingers door mijn haar, haar oogleden knipperen als ze wakker wordt.

Ik hou ervan mijn naam te horen op haar lippen. Ik streel met mijn duim over haar poesje, over de driehoek van zijde die het bedekt. "Je draagt een slipje in mijn bed, schatje."

Ze lacht. "Oeps."

Ik pauzeer even, om uit te zoeken of ze bedoelt wat ik denk dat ze bedoelt. Gisteravond heb ik in een vlaag van vieze praatjes tegen haar verteld dat ik verwacht dat haar poesje bloot is wanneer ik naar bed kom.

"Hoop je op een pak slaag?"

Haar grijns wordt breder en ze buigt zich naar me toe.

Ik trek het slipje naar beneden. "Daar zul je voor gestraft worden, amore."

Ze rolt met haar heupen op het bed. Ik draai haar om op haar buik en sla op haar kont. Het is zo heerlijk om haar kont een pak slaag te geven, maar ik heb weinig geduld vanavond. Ik sla een half dozijn keer op haar billen en trek dan haar benen wijd open. "Spreid ze voor me, engel. Ik ben harder dan staal voor je en dat ben ik de hele avond al." Ik pak een kussen en schuif het onder haar heupen om me een betere hoek te geven. "Geen voorspel voor jou, stoute meid. Je zult mijn pik precies zo moeten nemen als ik hem jou wil geven."

Ze tilt haar kont op. Oh hel, een paar klappen zullen haar niet doden. Ik wilde zachtjes slaan, maar zodra mijn hand haar kont raakt, wil ik meer. Ik sla haar harder, luider. Nog vier. Ze kreunt, wellustig. "Ik heb je één simpele regel gegeven. Zorg dat dit poesje bloot is voor mij." Ik duw haar billen wijd open. "Ik denk dat je mijn straf wilde."

Ze maakt een mmm-geluidje.

Ik pak haar haren vast en til haar hoofd op. "Wilde je dat?"

"Ja!" hijgt ze.

Ik laat haar haren los en masseer haar huid om de prik weg te nemen.

"Misschien moet ik je kont neuken om je een lesje te leren." Ze verstijft, wat niet de bedoeling was. Toch trek ik haar wangen wijd en stoot de kop van mijn pik tegen haar anus om haar te laten gillen.

"Nee, alsjeblieft," jammert ze.

"Zal je een braaf meisje zijn?"

"Ja, meneer."

Oh Madonna. Ik hou ervan als ze me meneer noemt. Ik rol een condoom om en duw me zonder voorbereiding in haar. Ze is al nat van haar eigen vocht, maar ze schreeuwt het uit. Ik stop even en bijt in haar nek. "Oké, schatje?"

"Ja. Ja, Nico."

Verdomme. Ik ben één keer binnengegaan en kom al bijna klaar, alleen omdat ze mijn naam zei. "Zo is het goed, schatje. Zeg mijn naam. Wiens pik ga je nemen?"

Ze kreunt en ondanks het condoom zie ik dat haar poesje natter is geworden. "De jouwe. God, ja."

Ik mompel enkele vloeken in het Italiaans terwijl ik me in haar blijf pompen. Ze is zo zacht, zo gewillig. Zo verdomd ontvankelijk. Het is alsof onze lichamen voor elkaar gemaakt zijn. Ik heb haar nodig met een intensiteit die me vernedert.

Dit is wat me drijft om me te gedragen als een bezitterige klootzak. Om haar te willen bezitten, haar te controleren. Ik weet dat het niet goed is, maar ik kan mezelf niet tegenhouden. En terwijl het haar opwindt, weet ik ook dat het haar bang maakt. Wat haar ook opwindt. Ik leer alles wat mijn kleine kunsthistoricus graag heeft.

Ik duw haar billen uit elkaar om haar de sensatie van mijn topje tegen haar kontgaatje te geven en ze schreeuwt het uit, de opwinding golvend in haar stem.

"Deze kont is van mij, is het niet, bella?"

Ze kreunt met elke snelle stoot, een tapijt van geluid om de klap van vlees tegen vlees te vergezellen.

"Zeg dat je deze pik nodig hebt, schatje. Zeg dat je hem net zo hard nodig hebt als ik jouw strakke poesje nodig heb."

"Ik heb hem nodig," hijgt ze. "Ik heb hem zo hard nodig."

Het is allemaal voorbij voor mij. Mijn ogen rollen terug in mijn hoofd. Ik berijd haar alsof mijn leven ervan afhangt, alsof, als ik haar niet hard genoeg neuk, geen van ons beide het zal overleven. Ze grijpt naar de lakens vast en schreeuwt bij elke stoot.

Mijn ballen trekken pijnlijk strak, mijn stoten worden onregelmatig. "Kom voor me klaar, engel. Kom net zo hard klaar als ik."

Ik laat me gaan, begraaf mezelf diep in haar en kom zo hard klaar dat ik bijna flauwval. Ik ben een paar tellen weg en dan realiseer ik me dat mijn gewicht op haar rust en ik rol van haar af, trek haar tegen me aan, lepeltje lepeltje, onze lichamen nog steeds verbonden.

Ik ga met een vinger over haar tepel, zachtjes knijpend en trekkend. "Schatje, je hebt geen idee wat je met me doet." Het orgasme maakt me dankbaar. Ik wil haar geld aanbieden, cadeaus, alles wat ze maar wil. Maar ik wil absoluut niet dat ze zich goedkoop voelt. Ik weet dat het een gevoelig punt voor haar is. Elke dag dank ik de sterren dat ik een baan heb gevonden die ze leuk vindt en waar ik haar voor kan betalen. "Wat kan ik voor je doen? Vertel me wat je nodig hebt."

Ze zwijgt te lang, wat me de kriebels geeft. Er zit haar iets dwars. Iets waarvan ze niet zeker weet hoe ze het moet zeggen.

Ik trek me uit haar terug en gooi het condoom in de prullenbak naast het bed. Ze rolt half op haar rug, maar haar hoofd is nog steeds van me weggedraaid. Ik draai haar naar me toe. "Zeg het me, schatje. Ik maak je niet gelukkig. Wat is er?"

Ze knippert even met haar ogen en haalt dan adem. "Ben ik je vriendin, Nico? Je hoertje? Wat ben ik voor jou?"

Ik leun op één elleboog en probeer mijn schrik niet te tonen. Dit is het gesprek waarvoor ik gevreesd heb. Kan Nico Tacone een vriendin hebben?

"Wat wil je zijn?" Ik strijk haar haren uit haar gezicht, maar ze wendt zich af, geïrriteerd door de beweging.

"Vraag je of er nog iemand anders is, schatje? Je moet weten dat er niemand anders is. Denk je dat ik zo hard zou kunnen klaarkomen als ik een andere vrouw zou neuken?"

Ze trekt haar lip tussen haar tanden. "Nee," zegt ze langzaam. "Dat denk ik niet. Het is een van de dingen die ik leuk aan je vind. Je geeft me zo'n begeerlijk gevoel. Als ik ook maar een vermoeden zou hebben dat er een andere vrouw was, zou ik hier zo weg zijn. Na Tann-"

Ik trek mijn wenkbrauwen op en steek een waarschuwende vinger op. "Zeg zijn naam niet."

"Nou, je weet wat er met hem gebeurd is. Dat laat ik nooit meer gebeuren."

In mijn achterhoofd gaan er alarmbelletjes af. Ze vertelt me iets belangrijks. Ze zal ontrouw niet tolereren. Wat geen probleem is.

Behalve voor mijn verdomde huwelijkscontract.

Tweeëntwintig jaar geleden maakte mijn vader een

afspraak met Giuseppe Pachino om onze families te verenigen. Omdat ze allebei ouderwetse mannen zijn, wilden ze geen van beiden een tienjarige jongen aan een pasgeboren meisje binden zonder hun toestemming. In feite vierden zij de terugkeer naar de oude gebruiken, hun wijsheid en onze gezamenlijke voorspoedige toekomst. Giuseppe heeft geen zonen en dus dacht mijn vader, denk ik, dat hij mij de kans gaf om op een dag de baas te zijn van een machtige familie. Hij realiseerde zich niet dat ik mijn eigen kansen zou creëren. Baas worden met mijn eigen voorwaarden.

Maar de twee misdaadfamilies werken sindsdien op basis van wederzijds voordeel.

Ik weet heel weinig over Jenna Pachino. Ik heb haar gemeden als de pest. Ik dacht dat ze net zo geschokt zou zijn door het contract als ik en dat ze mijn afwezigheid als een opluchting zou zien.

Maar ik heb het contract niet ontbonden. Alleen mijn vader kan dat doen en hij zit in de gevangenis. En tot nu toe, maakte het me niet echt uit.

En ik zou het nu ook niet overwegen. Omdat-

Verdomme. Ik ben te lang stil geweest. Sondra's gezicht sluit af.

"Er is niemand anders," zeg ik fel, om de conclusie die ze trekt tegen te gaan.

Maar dat is misschien een leugen, is het niet?

"Ik denk niet dat je voor altijd aan mij gebonden wilt zijn, schatje. Weet je wat ik ben?"

Zelfs in het gefilterde licht van de stad dat door de ramen komt, zie ik haar bleek worden. Haar mond trekt samen.

Ik pak haar kaak vast. "Ik zal je verdomme bezitten. Ik zal je voor het leven opeisen. Maar dan veroordeel ik je tot de eeuwigheid met de duivel. Misdaad zit in mijn bloed. Geweld staat achter mijn naam. Ik heb geprobeerd om er afstand van te nemen. Ik probeer mijn handen schoon te houden, leid een legaal bedrijf, betaal belasting op het geld dat we verdienen. Maar ik zal er nooit vrij van zijn. En ik wil jou niet met me meesleuren."

Haar ogen vullen zich met tranen en ze rolt weg. Ik pak haar bij haar middel wanneer ze rechtop gaat zitten, met haar rug naar me toe.

"Alsjeblieft. Ga niet weg." Wat vraag ik haar? Mijn hersenen razen, ik probeer een oplossing te bedenken, een compromis dat haar in mijn bed houdt. "Geef me nog wat meer tijd met je. Ik ben er nog niet klaar voor om je op te geven. Blijf. Start mijn museum op en hou het draaiende. Richt het casino opnieuw in. Dan beloof ik je dat ik je zal laten gaan."

Ze draait zich om en kijkt me aan. Ik zie verlangen en pijn weerspiegeld in haar mooie blauwe ogen.

"Ik smeek nooit, schatje. Dat is hoeveel je voor me betekent."

Ze draait zich niet om. "Waar stem ik mee in?" Haar stem klinkt schor. "Alleen seks?"

"Nee." Mijn stem is hard. Haar vraag is logisch. Seks is alles wat ik haar tot nu toe heb kunnen geven en toch laat ze horen dat het alles lijkt te zijn wat ik wil en dat maakt me kwaad. Ik heb zoveel meer nodig dan seks. Ik verlang ernaar om haar te bezitten - lichaam, geest en ziel. "Vriendin, als dat is hoe je het wilt omschrijven. Ik wil ook je tijd en aandacht."

Ze snuift en ik realiseer me dat mijn gebrek aan aanwezigheid is opgemerkt.

"Het spijt me dat ik het zo druk heb gehad, engel. Ik zal tijd voor je maken. Dat beloof ik."

Zelfs ik hoor de leegte van deze belofte. Omdat het er eentje is waarvan ik niet zeker weet hoe ik die moet waarmaken. Dit casino neemt drieëntwintig van de vierentwintig uur van de dag in beslag en het resterende uur zit het nog steeds in mijn gedachten, daarom kan ik niet slapen zonder Sondra te neuken als een razende stier.

Maar als dat is wat ze nodig heeft, dan zoek ik het verdomme wel uit. Dat doe ik altijd.

"Kom terug in bed, bella. Je weet dat ik niet kan slapen zonder jou naast me."

Ze staat me toe haar op de matras te trekken en mijn langere lichaam om het hare te leggen. Binnen een paar tellen vertraagt haar ademhaling en valt ze in slaap. Ik - Ik lig nog een uur wakker voordat ik eindelijk de slaap opgeef en ga douchen.

*Sondra*

"Je valt voor hem." Corey trapt met haar benen in het Bellissimo zwembad. We zitten aan de kant bij de kunstkeien en de door de mens gemaakte waterval, een week nadat Nico me smeekte om te blijven en beloofde tijd voor me vrij te maken. Het is er niet van gekomen.

"Nee, dat doe ik niet."

"Onzin. Als dat niet zo was, zou je heel gelukkig zijn dat je bij hem kon blijven, hem al je onkosten laten betalen en geweldige seks hebben tot je een volgende stap hebt bedacht. Maar dat doe je niet. Je wilt iets meer."

Ik laat me in het zwembad zakken en hou mijn armen boven water. De knoop van angst in mijn buik vertelt me dat ze het bij het rechte eind heeft. Ik wil iets meer en Nico kan het me niet geven. Dat heeft hij me heel duidelijk gemaakt. Hoewel ik niet zeker weet of hij me het hele verhaal vertelt.

Na vaker voorgelogen en bedrogen te zijn dan ik wil toegeven, gaat er ergens in mijn onderbewustzijn een alarmbelletje af. Maar misschien ben ik gewoon paranoïde. Misschien ben ik te beschadigd door mijn fouten in het verleden waardoor ik denk dat een relatie het nooit waard is om voor te vechten wanneer het moeilijker wordt.

"Nou, er staat niets meer op het programma." Ik loop door het water, laat het mijn huid afkoelen, die warm is van de zon.

"Dus je moet uitzoeken wat je wilt. Als je je hart wilt beschermen, moet je nu gaan. Of je kunt ervoor kiezen om alles uit deze ervaring te halen wat erin zit - geweldige seks, je cv oppoetsen, publiciteit, een verhaal voor je kleinkinderen - en het volhouden tot het museum klaar is, zoals hij voorstelde."

"Ja." Ik wou dat het zo makkelijk was. Maar mijn hart is ook betrokken in dit spel. En het vertoont al tekenen van schade. En toch wil een deel van mij nog niet weglopen.

Ik weet niet goed waarom niet - omdat het zo bedwelmend is om begeerd te worden, denk ik. En ik kan mezelf wijsmaken - dit is de gladde Romeo die me in zijn macht heeft, maar ik zie met eigen ogen hoe goed hij slaapt nadat we seks hebben gehad. Hij ziet er daarna tien jaar jonger uit, de lijnen in zijn gezicht vervagen, zijn ogen worden weer lichter.

Het is egoïstisch om te geloven, maar ik denk dat hij me nodig heeft.

Ik klim uit het zwembad en wikkel een handdoek om mijn middel. "Ik ga verder werken aan de museumspullen."

Corey haalt haar voeten uit het water en schuift ze in haar teenslippers. "Als hij beloofd heeft om meer tijd voor je vrij te maken en hij is dat niet nagekomen, dan moet je dat van hem eisen. Dat was de afspraak die jullie hadden."

Iets eisen van Nico Tacone is een grote, vette grap.

"Of je kunt vanavond gewoon in een sexy jurkje in de zaal verschijnen en kijken hoe hij flipt." Een boze grijns speelt rond Corey's mond.

Ik stop terwijl ik mijn zwemtas opraap. Nico is al jaloers genoeg, hij wil niet dat ik de kaarten deel of de kamer van iemand anders opruim. Er is waarschijnlijk niet veel voor nodig om hem tot actie aan te zetten. "Dat zou gegarandeerd voor een reactie zorgen."

Corey lacht. "Ik heb de perfecte jurk die je kunt lenen. Een aanpassend, rood wikkeljurkje. Draag het met een paar fuck-me pumps en hij zal het werk vergeten voor de nacht."

Het is een beter idee dan wat ik al heb geprobeerd - net zo hard werken als Nico om mezelf af te leiden van mijn gedachten over waarom deze relatie helemaal verkeerd is.

"Laten we de jurk gaan halen."

## 11

*Nico*

Ik ben een klootzak omdat ik beloofd heb Sondra te behandelen als mijn vriendin en niet als een speeltje, en vervolgens heb ik nog geen minuut de tijd gehad om haar goed te behandelen.

Ik pak mijn telefoon en bel Stefano, mijn jongere broer. Hij en ik zijn bijna - even oud en hebben dezelfde mentaliteit. Hij is in het oude land geweest, om met onze grootoom te werken.

"Nico, hoe gaat het" antwoordt hij.

Ik kom meteen ter zake. "Ik heb je nodig."

Stefano vloekt. "Wat is er?"

"Nee, nee. Niets ergs. Mijn bedrijf is te groot geworden. Ik kan niet genoeg uren per dag werken en ik heb iemand nodig om het werk te delen. Ik heb jou nodig, om precies te zijn."

Stefano is even stil. "Is Tony niet voldoende?"

"Tony kan niet alles doen. En hij is mijn broer niet. Ik

betaal hem goed, maar ik kan het koninkrijk niet met hem delen. Vader zou dat niet toestaan."

"Ja, oké. Ik zal met Zio praten. Ik weet zeker dat hij me wel laat gaan als je me echt nodig hebt."

"Ik heb je echt nodig. Ik heb je nodig als hoofd van de beveiliging. Op die manier kan ik me concentreren op verdere groei. Bel me terug en laat me weten wanneer je kunt komen."

"Dat zal ik doen." Ik sta op het punt om op te hangen, als hij zegt: "Nico?"

Ik hou de telefoon weer tegen mijn oor.

"Wat heeft dit veroorzaakt?"

"Wat bedoel je?"

"Ben je ziek? Is er iets gebeurd?"

Ik blaas een adem uit. Dit is waarom ik Stefano nodig heb. Hij is verdomd opmerkzaam. "Het is een vrouw."

Stefano laat een verbaasde lach horen. "Echt waar?"

"Ja. En ik werk twintig uur per dag en zij gaat ervandoor."

"Meen je dat serieus over die vrouw?"

Alles in mijn borst verkrampt omdat ik weet wat Stefano's volgende vraag zal zijn. Ik probeer het af te wenden door te zeggen: "Ik weet het niet zeker."

"Onzin. Je meent het. Hoe zit het met Jenna Pachino?"

"Ja, ik weet het niet. Ik moet dat contract opzeggen, denk ik."

"Heb je met pa gepraat?"

"Nog niet."

"Nou, dat kun je dan maar beter snel doen. Hij houdt niet van verrassingen. Weet hij dat je me belt?"

Ik wil mijn vuist door de muur slaan. Ik haat het om gebonden te zijn door mijn familie. "Nee."

"Praat eerst met hem, Nico. Ik wil niet midden in jouw rotzooi komen te zitten."

"Ik zal verdomme met hem praten!" snauw ik. "Stap jij maar op het vliegtuig naar Vegas."

"Si, signore." Stefano's stem is droog, maar ik weet dat hij niet echt wrok zal koesteren omdat ik een klootzak ben.

Ik wil ophangen zonder gedag te zeggen, maar dan breng ik de telefoon terug naar mijn oor. "Grazie, Fratello."

"Leuk om iets van je te horen, Nico. Ik ben blij dat je iemand gevonden hebt." Stefano's stem is zacht geworden. "En je bent nog steeds een stronzo."

Ja, ik ben een klootzak. "Altijd."

Hij snuift en hangt op en ik blijf glimlachend achter met de telefoon tegen mijn oor, wat net zo ongewoon voor me is als een dansje maken in een kabouterpak.

Ik ga maar weer aan het werk, waar ik minstens zes problemen moet oplossen, naast het verleiden van drie grote spenderende walvissen.

Ik stop even.

Sondra zit aan de bar in een aanpassende rode jurk, haar welgevormde benen geaccentueerd met een paar sexy zwarte hakken. Ze heeft haar haren opgestoken in een elegante Franse twist en drinkt een martini.

Alsof dat nog niet genoeg is om te verwerken, zit er een man naast haar, die voorover leunt en een praatje maakt.

Ik ga die klootzak vermoorden.

"Mr. Tacone, Jeff Blue wil u spreken over een privé-spelletje. Eén van mijn managers staat naast mij.

Merda.

Nee, misschien dat het wel het beste. Ik moet kalmeren. Ik kan niet de man van de barkruk trekken en zijn hoofd inslaan alleen omdat hij met mijn meisje praat.

Wat is ze aan het doen?

Ik loop snel naar Jeff Blue toe en dwing mezelf beschaafd te doen. Dit is een man die 10 tot 50 duizend per avond uitgeeft als hij in mijn zaak is. Ik maak telkens tijd voor hem wanneer hij komt.

Ik weet niet eens wat ik tegen hem zeg, want mijn blik is de hele tijd op de sexy blondine aan de bar gericht. Maar voordat ik me terugtrek, voegt die andere walvis zich bij ons. Hij herkent Jeff en wil meedoen met een privéspelletje.

Fuck.

Privéspelletjes zijn geweldig. Ik doe een moord. Maar ze vereisen heel veel beveiliging en begeleiding. Dit is waarom ik Stefano hier nodig heb.

Ik knaag door mijn leiband wanneer er een andere klootzak aan de andere kant van Sondra gaat zitten. Ze draait in haar stoel en ziet me, maar alles wat ik krijg is een verdomde glimlach en een nieuwe kruising van haar in kousen gehulde benen.

Oh shit.

Ze houdt me expres voor de gek.

Ik knipper met mijn ogen, mijn geest gaat even over in witte waas. Ik ben nu minder boos dan dat ik pissig ben.

Tony komt naar me toe om me te vertellen over een nieuw noodgeval met een poging tot oplichting in de achterste ruimte.

Ik stap weg van de walvissen en trek hem aan de kant. "Haal Sondra hier weg en breng haar naar mijn suite, nu. Als ik nog een vent met haar zie praten, word ik gek."

"Begrepen, baas. Leo en Sal zijn in de achterste ruimte bezig met de oplichting. Wil je dat ik daarheen kom als ik klaar ben?"

"Nee, ik heb je nodig bij het privéspelletje zodra ik het geregeld heb."

"Begrepen."

Ik vertrek zonder Sondra nog een keer aan te kijken, want als ik dat doe, zal iemand zijn tanden verliezen.

*Sondra*

Dit was een vreselijk idee. Ik dacht even dat het plan werkte, toen ik Nico's blik in mijn rug voelde branden, maar hij kwam niet naar me toe en toen hij wegging, zag hij er pissig uit.

En nu komt zijn sterke rechterhand mijn kant op.

Tony komt naast me staan en kijkt naar de jongens die aan weerszijden van me zitten. "Rot op."

Eén van hen wordt kwaad, de ander glijdt weg als een zwerfhond die betrapt wordt bij het stelen van eten.

"Wil je dat ik ga?" eist de boze man.

Ik knik. "Ja, je kan maar beter gaan."

Hij duwt zijn borst vooruit. "Ben je bang voor die vent?"

"Echt. Je kan beter gaan. Het was leuk om met je te praten." Ik praat met een beleefde maar vastberaden stem. De man is dronken genoeg om iets stoms te doen en ik wil zeker niet de oorzaak zijn van geweld "Ik ben oké."

Hij fronst, maar als Tony een dreigende stap naar voren zet, besluit hij zijn verlies te aanvaarden en weg te gaan.

"De baas wil je boven, in zijn suite."

Oh, dat doet me de kriebels krijgen. "Excuseer me?" Hij had niet eens de tijd om zelf naar me toe te komen en iets te zeggen? En nu stuurt hij me naar zijn suite? Onzin.

Tony houdt zijn handen omhoog, handpalmen naar buiten. "Hé, ik wil niet in het midden van een liefdesruzie terechtkomen. Ik heb de opdracht gekregen om je daarheen te brengen. Er zijn vijf brandjes die geblust moeten worden door Nico, anders zou hij zelf wel gekomen zijn."

Het horen van Nico's stress tempert mijn woede. Is het wel netjes dat ik probeer om zijn aandacht van zijn zaken weg te halen?

En dan nog, is het wel netjes dat hij me behandelt alsof ik van hem ben en me commandeert?

Tony leunt met een elleboog op de bar naast me. "Luister. Je maakt mijn taak moeilijk hier. Als ik je aanraak, zal Nico woest zijn. Maar ik heb bevelen gekregen. Dus wat is ervoor nodig om je hier weg te krijgen, naar boven naar de suite van de baas?"

Ik vouw mijn armen over mijn borst. "Informatie."

Hij trekt een wenkbrauw op. "Zoals wat?"

Waar ben ik mee bezig? Wil ik wel antwoorden vinden op mijn vragen?

"Ben ik..." Wat zal ik zeggen? Speciaal? Zijn enige?

Tony houdt zijn hoofd scheef alsof hij zijn best doet om een gekke vrouw te begrijpen.

"Ben ik zijn gebruikelijke type ?"

Tony knippert met zijn ogen en verbazing verschijnt op zijn gezicht Hij steekt een arm door mijn elleboog. " Vooruit. Laat me je hier weghalen en ik vertel je alles wat je wilt weten."

Gerustgesteld spring ik van de barkruk en laat me door hem naar de privé-liften begeleiden. Als we alleen zijn, laat hij mijn elleboog los en kijkt me aan. "Nee. Je bent niet zijn gebruikelijke type. Je bent verdomd ver van zijn gebruikelijke type."

Ik weet niet of ik opgelucht of teleurgesteld moet zijn.

"Jij bent de enige vrouw die hij - excuseer me voor mijn grofheid - meer dan één keer heeft willen neuken in de hele tijd dat ik hem ken en dat is sinds we kinderen waren. Dus ik weet niet wat hij je verteld heeft, maar ik zou zeggen dat je verdomd speciaal voor hem bent."

Warmte sijpelt in mijn borst en mijn woede verdampt.

"Ja?"

Tony knikt. "Ja. En onthoud goed dat iedere verdomde persoon die voor hem werkt je dankbaar is omdat je hem helpt om weer te kunnen slapen. Hij was een tijdje een hel om mee om te gaan."

We komen aan op Nico's verdieping en hij begeleidt me naar de deur. "Heb je een sleutel?"

Ik vis de sleutelkaart uit het kleine avondtasje dat ik van Corey heb geleend. "Yep. Bedankt."

Hij wacht tot ik de deur opendoe voor hij vertrekt.

"Goedenacht, Tony."

"Jij ook goedenacht, juffrouw Simonson."

Juffrouw Simonson. Ik ben zeker opgeklommen in de casinowereld.

Ik ga naar binnen en loop wat rond in Nico's suite. Het kan uren en uren duren voordat hij komt. Het zal waarschijnlijk mijn gebruikelijke wekker van 4:30 uur zijn. Die gedachte zorgt voor een zware druk op mijn borst. Er is te veel dat nog niet is opgelost, dat nog onzeker is. Ik zal toch niet kunnen slapen tot we gepraat hebben.

Gelukkig duurt het niet al te lang. Nico komt drie kwartier later binnen terwijl ik naar Saturday Night Live op de televisie zit te kijken. Hij lijkt nog steeds pissig.

Ik zet de tv uit en sta op. Hij staat bij de deur, steekt zijn handen in zijn zakken en kijkt me aan.

Het feit dat hij niet dichterbij komt, doet mijn maag draaien. Gewoonlijk zit hij bovenop me zodra hij me ziet.

"Sondra. Je hebt me daar beneden niet gerespecteerd."

Mijn adem stokt. Niet gerespecteerd. Verdorie. Dit is een alfamannetje met een groot maffia-ego. Respect betekent alles.

Ik probeer gebruik te maken van mijn woede van eerder. Hij heeft mij ook niet gerespecteerd. Hij heeft geen tijd voor me gemaakt, kwam niet eens langs en behandelde me als een bezit. Ik trek mijn schouders op en open mijn mond.

Hij steekt een hand op voordat ik kan spreken. "Ik weet dat ik je deze week in de steek heb gelaten. Ik werk aan een verdomde oplossing. Maar als je een probleem met me hebt, dan kom je naar me toe om erover te praten. Je zet me niet voor schut in mijn eigen club."

Mijn hart zinkt nog verder. "Ik zette je niet voor schut - "

Hij houdt zijn hand weer omhoog om me het zwijgen op te leggen. "Nooit meer."

Mijn poesje trekt samen bij het staal in zijn stem. Wow. Een echte Nico Tacone uitbrander. Het is één deel vernederend, twee delen opwindend. Ik ben zeker verkeerd bedraad want ik vind een boze maffiabaas opwindend.

Hij loopt naar de bar en schenkt zichzelf een drankje in. "Ik moet nog wat dingen regelen," mompelt hij, met zijn rug naar me toe. "Je kan vanavond beter naar je eigen kamer gaan. Ik zal hier niet voor daglicht zijn." Hij loopt het balkon op zonder om te kijken.

Mijn hart ligt op de grond. Hij is bozer dan ik dacht. Ik moet dit goedmaken voor ik ga - ik ben niet van plan om op deze manier te vertrekken. Niet als mijn emoties op scherp staan, mijn hormonen razen en Nico nog steeds boos is.

Ik volg hem naar buiten.

Hij valt neer in een stoel en staart naar de nacht.

"Nico-"

"Vanavond niet, schatje." Zijn stem is kort en krachtig.

Ik ga voor hem staan en blokkeer zijn zicht. "Nico."

In een snelle, geïrriteerde beweging trekt hij me met mijn gezicht naar beneden over zijn schoot en geeft negen snelle harde klappen op mijn kont. De klappen doen pijn, maar ik ben meer opgewonden dan iets anders. Dit ben ik gewend. Hij die me aanraakt, die een beetje te ruw is.

En het lijkt ook iets in hem te veranderen. Op het moment dat hij stopt met slaan, knijpt en streelt hij mijn kont op die bezitterige manier van hem. Hij schuift zijn hand onder mijn jurk en wrijft tussen mijn benen. Mijn slipje is al vochtig en hij gromt als hij dat voelt.

"Sta op en trek je slipje uit voor je pak slaag, schatje." Zijn stem is schor en ruw. Alle spanning is verdwenen.

Hij helpt me overeind, ik trek mijn slipje uit en ga weer over zijn schoot liggen. Dit is seks, nu. Nico's woede is weg en de stroom van lust loopt tussen ons door, even sterk als altijd. Hij laat een grote handpalm over de achterkant van mijn been glijden en neemt daarbij de zoom van Corey's rode jurkje mee. Ik draag zwarte dij-hoge kousen met een naad aan de achterkant en strikjes aan de bovenkant. Nico gromt wanneer hij het volledig te zien krijgt.

Een deel van de woede keert terug in zijn stem. "Voor wie heb je die aangetrokken?" Hij geeft me een harde klap op mijn kont.

"Voor jou!" gil ik onmiddellijk.

Hij masseert de steek weg. "Ze kunnen maar beter voor mij zijn." Nog een klap en massage. "Mijn jaloezie is een gevaarlijk iets, schatje. Speel dat spelletje nooit meer met me." Hij verstevigt zijn greep rond mijn middel en begint me te slaan. Het is een echt pak slaag - hard en snel. Onverbiddelijk. Mijn adem stokt en komt weer terug. Ik schok en kronkel omdat het opeens niet meer zo sexy is. Het doet pijn. Een flits van echte angst gaat door me heen. Hoe ver zal hij gaan?

"Het spijt me!" roep ik uit.

Hij stopt onmiddellijk en wrijft. "Toon het me, schatje." Zijn stem is weer laag en ruw. Hij laat mijn middel los.

Ik begrijp wat hij bedoelt en glijd van zijn schoot af,

naar de vloer voor hem. Hij pakt het kussen van de stoel naast hem en legt het onder mijn knieën. Ik wil hem graag behagen. Ik denk niet dat ik ooit in mijn leven zo opgewonden ben geweest over het geven van een pijpbeurt. Ik maak zijn riem los en open zijn broek zodat zijn dikke erectie tevoorschijn komt.

Hij kijkt me met zware ogen aan terwijl ik rond de kop lik. Mijn kont prikt nog van het pak slaag, wat deze dienstbaarheid des te heter maakt. Ik betaal mijn straf met mijn tong, met mijn lippen, mijn mond. Ik neem hem diep en zijn dijen spannen op, zijn knieën gaan wijd open. Ik neem zijn ballen vast en masseer erachter, op zoek naar de gevoelige plek tussen zijn ballen en zijn anus.

Ik wissel van hand, ruk hem in een strakke vuist en beweeg mijn mond lager om hem te pijpen.

"Oh fuck!" Nico's hand verstrikt zich in mijn haar, waardoor mijn Franse twist naar beneden valt. "Madonna. Cristo. Dio. Wat doe je met me?"

Ik hou van de onstuimige kracht die door me heen giert, wetend hoeveel plezier ik hem geef. Ik zuig aan de andere bal, lik de rand van zijn scrotum.

Als ik zijn pik weer in mijn mond wil nemen, schuift hij naar voren in de stoel en duwt hem tot in mijn keel terwijl hij de achterkant van mijn hoofd vasthoudt. Ik verslik me, maar stop niet met zuigen. Ik beweeg op en neer over zijn pik, neem hem in de holte van mijn wang, dan naar de achterkant van mijn keel. Ik ben hier nooit echt goed in geweest, maar voor Nico wil ik het proberen. Ik vertraag en ontspan mijn spieren.

Hij verstrakt zijn vuist in mijn haar en kreunt. De Italiaanse vloeken versterken mijn verlangen. Ik verhoog mijn snelheid, draai over zijn pik, gebruik ook mijn vuist, zodat het voelt alsof ik zijn hele lengte neem.

"Sondra. Fuck! Sondra." Hij komt klaar in mijn keel.

Ik slik. Het is de eerste keer dat ik niet kokhals en ik ben best verdomd trots op mezelf. Het is niet erg dat Nico's gebrul nog steeds door het gebouw galmt. Ik ga door en rol met mijn tong langs de onderkant van zijn pik, terwijl ik hem droog zuig. Mijn clitoris pulseert op het ritme van mijn hartslag. Mijn kont is nog steeds heet en trillerig.

Ik heb seks nodig, wanhopig.

*~*

*Nico*

Sondra's overgave laat me volledig getransformeerd achter. Misschien is het deze eigenschap in haar die me altijd heeft geboeid. De manier waarop ze zich overgeeft, zichzelf kwetsbaar maakt. Voor mij - Nico Tacone - de man waar bijna iedereen bang voor is.

Zelfs als ik schreeuw, blijft ze zacht.

Ze stond verdomme op en deed haar slipje uit voor mijn straf. Nadat ik onvergeeflijk mijn geduld verloor en haar in woede een klap op haar kont gaf.

Ik ben nederig door haar. Nederig en tegelijkertijd enorm versterkt. Omdat ik niet van plan ben de controle op te geven die zij mij heeft gegeven. Ik ga er helemaal voor.

"Kom hier, bambi." Ik til haar op van haar knieën en zet haar op mijn schoot, met haar gezicht naar de andere kant. "Doe open voor me." Ik trek haar dijen open en leg ze over de mijne, zodat haar benen wijd gespreid zijn.

Ze leunt tegen me aan, haar hoofd valt op mijn schouder. Haar adem versnelt en haar huid is warm en zacht. Ik laat mijn handen langs haar binnenste dijen glijden, waarbij ik de rode jurk met me meesleep. Ik streel haar poesje.

Ze blaast een ademloze zucht uit.

"Ik durf te wedden dat dit poesje wel wat aandacht kan gebruiken," mompel ik in haar oor, terwijl ik haar clitje een lichte klap geef.

Ze huivert. "Ja, alsjeblieft."

Heb ik al gezegd hoeveel ik er verdomme van hou wanneer ze alsjeblieft zegt?

Ik sla nog eens op haar poesje. Het is nat en gezwollen. Ik steek mijn middelvinger in haar en ze kronkelt ertegen, probeert me dieper naar binnen te werken.

Ik pomp mijn vinger een paar keer in en uit haar, en stop dan. "Ik weet niet zeker of ik je laat klaarkomen, hoor."

Ze jammert.

"Vind je dat je het verdient om klaar te komen, engel?"

Ze wordt stil en ik vrees dat ik te ver ben gegaan. Maar dan gebruikt ze het meest schattige smekende stemmetje. "Alsjeblieft, Nico?"

Ik pomp nog een keer. "Fuck. Het is bijna onmogelijk voor mij om je iets te weigeren als je me smeekt met dat sexy stemmetje, bambi."

"Neuk me alsjeblieft."

Oh Christus. Mijn pik wordt alweer hard. Ik ga deze strijd verliezen. Maar ik speel het hard met haar. "Oh, ik ga je neuken, engel". Ik sla op haar poesje. "Ik ga je goed neuken. Ik ga dat strakke kleine maagdelijke kontje van je neuken".

Ze wordt weer stil en ik weet dat ze bang is. Ik bijt zachtjes in haar oor. "Maak je geen zorgen," mompel ik. "Ik zal het goed maken. Ik beloof het, schatje."

Ik wacht tot ze uitademt en de spanning in haar spieren afneemt en dan til ik haar van mijn schoot en sta op. "Trek je jurk uit en ga met je gezicht naar beneden op mijn bed liggen."

Het is een test. Als ze het niet doet, ga ik niet aandringen. Zo'n klootzak ben ik nou ook weer niet. Maar ik denk wel dat ik ervoor kan zorgen dat ze het leuk vindt. Ze knijpt haar ogen wat dicht, kijkt me aan en loopt dan op wankele benen naar de slaapkamer.

De overwinning maakt mijn pik weer hard. Ik volg haar naar de slaapkamer en zoek een fles glijmiddel. Ik heb het bij haar nog niet nodig gehad - ze lijkt voortdurend nat voor me te zijn - maar ik ben blij dat ik het heb liggen.

Ze gehoorzaamt me, trekt haar jurk uit en gaat op het bed liggen, met alleen een zwarte kanten beha aan en een paar sexy zwarte kousen met een naad aan de achterkant.

"Godverdomme dat is een mooi zicht."

Ze draait haar hoofd opzij om me aan te kijken en haar blik is bijna verlegen - zo schokkend kwetsbaar dat het mijn hart doet samentrekken. Ik pak de beide kussens van het bed en til haar heupen op. "Leg deze onder je, engel en spreid je sexy dijen."

Ik kruip tussen haar benen en trek haar billen uit elkaar. Lik een lange lijn van haar clitoris naar haar anus.

Ze jammert en rilt. Ik herhaal de beweging en geef dan een klap op haar bil. Haar kont is nog roze van het pak slaag dat ik haar gaf, wat me niet zo zou moeten opwinden, maar dat doet het wel. Ik wil haar alles geven wat ze nodig heeft. Maak dit de best mogelijke introductie tot anale seks. Ik smeer haar kont en mijn vinger in met glijmiddel en begin langzaam over haar anus te masseren, haar binnen te dringen en de strakke spiermassa open te werken. Ik praat de hele tijd tegen haar, kalmeer haar, prijs haar. "Dat is het, schatje. Open je voor me. Ontspan je en laat me binnen. Goed zo meisje."

Als ik mijn vinger in haar pomp, jammert ze en laat

een hand tussen haar benen glijden om over haar clitje te wrijven.

"Dat is het, engel. Neem wat je nodig hebt. Ik ga die sexy kont van je nu neuken." Ik doe een condoom om en smeer hem goed in, dan druk ik de kop van mijn pik tegen haar ingang. "Haal diep adem."

Haar rug en ribben verwijden terwijl ze diep ademhaalt.

"Adem nu uit."

Wanneer ze gehoorzaamt, breng ik mijn lengte geleidelijk naar binnen, centimeter voor centimeter.

Haar kreun neemt toe in toonhoogte, maar ze spant zich niet op, verzet zich niet. "Goed zo meisje. Neem mijn grote pik in je kont. Dit is wat er gebeurt als je een stoute meid bent geweest."

Ze kreunt harder, een wellustig geluid dat ik opvat als een groen licht. Ik spuit haar helemaal vol, laat me dan weer zakken en neuk haar opnieuw.

"Nico," hijgt ze. "Oh mijn God."

"Ik weet het, schatje. Je wordt in je reet geneukt door de man die jou bezit. Ik weet dat ik een klootzak ben, maar ik moet deze vrouw hebben, haar bezitten, haar houden, haar opeisen en domineren. Vooral nadat ze me liet toekijken hoe ze flirtte met die klootzakken beneden.

Ik ram in haar kont, neuk haar grondig tot haar kreten een hoge toon aannemen, een paniekerig geluid. "Alsjeblieft," smeekt ze. "Alstublieft, oh alstublieft, oh alstublieft."

Ik ben al een keer klaargekomen, dus ik zou eeuwig door kunnen gaan, maar ik weet dat ze wanhopig op zoek is naar een hoogtepunt. Ik sluit mijn ogen en laat het genot door me heen stromen. Mijn ballen spannen zich op. Ik laat mijn heupen op haar kont rusten en schommel in en uit terwijl ik met mijn hand onder haar heupen werk. Haar vingers bewegen verwoed tussen haar benen, maar ik sla ze aan de kant en laat drie van de mijne in haar natte kanaal glijden. Ze is helemaal nat - zo sappig heb ik een vrouw nog nooit gevoeld - en is zo gezwollen en glad.

"Ik ga in je kontje klaarkomen, schatje, en als ik je zeg dat het tijd is, kom jij over mijn vingers klaar. Capiche?"

"Ja! Alsjeblieft, Nico," snikt ze.

De drang van haar behoefte duwt me over de klif. Mijn heupen gaan tekeer en ik neuk haar nog een paar keer voor ik weer klaarkom.

"Nu, schatje."

Haar hele lichaam stuiptrekt, haar poesje fladdert om mijn vingers, haar anus spant zich bijna pijnlijk om mijn pik. Het moet haar ook pijn doen, want ze schreeuwt het uit en haar spieren verslappen, ze geeft zich nog een keer over.

"Dat is het, schatje. Goed zo." Ik kus haar nek. "Je hebt het zo goed gedaan. Vond je die eerste kontneukbeurt lekker?"

Ze antwoordt niet en een kleine bal van angst begint zich op te bouwen in mijn borstkas. Ik laat me uit haar glijden en gooi het condoom in de prullenbak naast het bed. "Ik ben zo terug," mompel ik en was snel mijn handen in de badkamer. De drang om naar haar terug te keren is bijna overweldigend.

Ze heeft niet bewogen sinds ik haar verliet, ze ligt nog steeds onderuitgezakt over de kussens, haar gebruikte kontje in het zicht.

"Kijk me aan, piccolina." Ik rol haar op haar rug.

Blijkbaar wil ze niet dat ik haar gezicht zie, want ze komt recht en slaat haar armen onmiddellijk stevig om mijn nek.

Ik hou haar stevig vast, streel haar haren en kus haar slaap. "Zeg me dat je in orde bent, schatje."

Ze knikt tegen mijn nek. "Ik ben oké." Haar stem is rafelig.

"Ik moet je zien."

Haar armen verstrakken rond mijn nek.

"Engel." Ik laat haar op het bed zakken en rol op mijn zij zodat we tegenover elkaar liggen. "Kijk me aan."

Ze laat langzaam haar greep op mijn nek los.

Ik leg mijn hand op haar gezicht en ga met mijn duim over haar jukbeen. "Ik hou van je, Sondra."

Ik wilde het niet zeggen. Ik had geen idee dat die woorden uit mijn mond zouden komen. Maar ze zijn waar. Ze zijn echt. Ze zijn het eerlijkste dat ik ooit heb gekend.

Haar ogen gaan wijd open en ze bestudeert me, alsof ze een teken zoekt dat ik het meen. Alsof ze bang is om me te geloven.

Ik voel pijn opkomen in mijn borst. Ik hou haar aan het lijntje. Ik ben niet eens beschikbaar voor deze vrouw, maar het is te laat. Ik heb het gezegd en ik neem het niet terug.

"Zeg het niet terug," zeg ik tegen haar. "Ik weet dat het niets verandert. Het is gewoon wat naar boven kwam toen ik je engelengezicht zag."

"Dus je bent niet meer boos?"

Ik grinnik. "Niet eens in de buurt van boos, schatje. Ik was niet meer boos toen je opstond en je slipje voor me uittrok. En dat was voordat je me de beste pijpbeurt van mijn leven gaf." Ik strijk haar warrige haren uit haar gezicht. "Schatje, het spijt me gewoon dat ik mijn geduld met je verloor. En het spijt me van dat pak slaag - toch dat eerste. Het was niet voor jou, het was voor mij en dat is niet oké."

Ze bestudeert me, haar ogen intelligent. Ik zweer dat ze recht in mijn ziel kijkt en niet oordeelt. Ik weet niet hoe dat kan. "Ik vond het leuk."

Ik glimlach terwijl mijn borstkas samentrekt. "Ik weet het. En ik blijf tegen mezelf zeggen dat het daarom goed is. Maar ik weet niet zeker of dat ook echt zo is."

Ze bedekt mijn hand op haar wang met haar handpalm. "Jouw bezorgdheid maakt het goed."

Ik huiver onder haar aanraking. "Ik weet niet waarom je me zo vertrouwt, schatje. Ik verdien het niet."

Ze tuit haar lippen. "Nee, dat doe je niet."

Ik vecht tegen een glimlach, blij dat ze me op mijn plaats zet. "Schatje, ik weet dat ik je verwaarloosd heb en daarom wilde je me zo op stang jagen. Ik heb mijn jongere broer gebeld en hem gevraagd hierheen te komen om me te helpen, zodat ik je de aandacht kan geven die je verdient. Maar ga alsjeblieft niet met andere kerels om, want ik zal gek worden en de klootzak die je aanraakt zal eindigen met zijn ballen in zijn reet. Capiche?"

Ze rilt lichtjes. "Het spijt me."

Dat weet ik al en ik wilde het haar niet nog eens laten zeggen. Ik leg mijn vinger op haar lippen. "Luister, ik ga het goedmaken met je. Ik moet nu terug aan het werk, maar morgen maak ik mijn agenda voor je vrij. Ik wil dat je een tas inpakt en om 10 uur klaar staat voor mij. We gaan een uitstapje maken."

De sprankelende hoop in haar ogen jaagt me de stuipen op het lijf. Niet omdat ik niet alles zal doen wat ik kan om ervoor te zorgen dat ik haar datgene kan geven wat ze van me nodig heeft, maar omdat ik de man wil zijn die dat voor altijd doet. En dat is een verdomde onmogelijkheid.

## 12

*Sondra*

"Iedereen probeert te achterhalen wie jij bent," mompel ik tegen Nico. We zitten in het café van het Metropolitan Museum en drinken espresso om bij te komen van een lange dag wandelen door het kunstmuseum. Ja, hij is vanmorgen samen met mij in een privé-jet naar New York City gevlogen en eiste dat ik hem alles zou laten zien wat het museum te bieden had. Als je bedenkt dat het mijn eerste reis naar New York is, laat staan naar het Metropolitan Museum, dan wil ik meer dan mogelijk is.

Nico is knap zoals altijd, in een van zijn mooie pakken en hij ziet eruit als een soort beroemdheid tussen de toeristen. Hij trekt een wenkbrauw op. "Ik? Nee, amore. Ze kijken naar jou. Ik hoorde een koppel fluisteren dat je een beroemde actrice bent." Hij pakt mijn hand en gaat met zijn duim over mijn vingers.

Als ik me zorgen maakte over het feit dat Nico en ik

niets zouden hebben om over te praten als we echt tijd hadden om samen door te brengen, had ik het mis. Hij vertelde me alles over zijn jeugd in Chicago - de dingen van de stad die hij mist en de dingen die hij niet mist. Hoe en waarom hij in Vegas terecht kwam.

Ik vertelde hem over Michigan, hoe ik opgroeide recht tegenover Corey. Hoe zij als een zus voor me is geworden.

Hij wrijft over zijn gestoppelde kaak. "Dit is wat ik me blijf afvragen, Sondra."

"Wat?"

"Hoe een vrouw die zo mooi is als jij, in Reno terecht kwam, als goedkope serveerster. Het is niet logisch. Waarom ben je niet getrouwd met een slimme, aardige intellectueel die met je over kunst en shit kan praten?"

Ik probeer te verbergen hoe erg die vraag me kwetst. Is het niet precies dezelfde vraag die ik mezelf al drie dozijn keer heb gesteld?

Ik haal diep adem. "Nou. Ik denk dat ik een slimme, aardige intellectueel als vriend had toen ik mijn master haalde. Hij heeft me bedrogen met mijn beste vriendin. Tanner-"

"Spreek zijn naam niet uit." Nico sluit zijn ogen alsof ik zijn geduld op de proef stel.

"-hij was niet de eerste die me bedroog. En John was ook niet eens de eerste. Eerder had mijn vriendje op de middelbare school een meisje aan de haak geslagen terwijl ik in de rij stond voor concertkaartjes voor Coldplay."

Nico fluit. "Dat is een slecht patroon."

"Ja. Ik heb een vreselijke smaak-" Ik stop te laat met spreken. Nico's uitdrukking wordt donkerder.

Ik schraap mijn keel. "Met uitzondering van mijn huidige gezelschap, natuurlijk."

"Nee, je hebt gelijk," zegt hij. "Ik bedrieg je niet. Daar

moet je niet bang voor zijn. Maar ik ben helemaal niet de juiste voor jou. Absoluut niet."

Het mes dat al in mijn borst zit sinds de dag dat ik hem ontmoette, wordt gedraaid en mijn adem stokt.

"Stop met dat te zeggen." Ik zou het moeten waarderen dat hij inziet dat we niet bij elkaar passen, maar dat doe ik niet. Ik neem het hem kwalijk. Want iedere keer voelt het als een nieuwe afwijzing. Maar deze keer is het niet voor een andere vrouw, maar voor zijn baan.

Zijn leven.

En ik weet dat hij er waarschijnlijk niets aan kan doen. Hij is wie hij is.

Nico zit rechtop en kijkt me aandachtig aan. "Waarom, cucciola mia? We weten allebei dat het waar is."

Mijn ogen vullen zich met tranen en ik sta op uit mijn stoel. Hij pakt mijn hand vast en trekt me op zijn schoot, zich niet bewust van alle andere mensen in het overvolle café. Zijn sterke armen slaan zich om me heen. "Ik wou dat ik iemand anders voor je kon zijn. Ik wil het zijn. Maar ik kan het niet. Ik heb familieverplichtingen die jij je niet kunt voorstellen. Ik zie niet in hoe ik ooit vrij kan zijn van wie en wat ik ben."

Ik geef de strijd op en zak tegen hem aan. Hij zegt niet dat hij me niet wil. Eindelijk hoor ik de woorden voor wat ze zijn. Hij is realistisch. Vertelt me dat hij een Tacone is.

Dus de vraag is - kan ik met dat alles leven?

∽

*Nico*

. . .

De volgende ochtend gaan we terug naar het casino. Ik had langer willen blijven, maar zo lang Stefano er nog niet is, kan ik de zaak niet lang onbemand laten.

Sondra heeft me in het vliegtuig naar huis gepijpt, waardoor ik me de koning te rijk voelde.

Ik ben gelukkig, misschien voor de eerste keer in mijn leven. Niet alleen tevreden. Niet trots op een prestatie, niet bezeten van macht, maar echt gelukkig. Sondra vertelt me over haar plannen voor de herinrichting van het casino, wat echt geniaal is. Ze wil dingen gebruiken die al in het Bellissimo aanwezig zijn, ze gaat het gewoon herschikken en indelen in verschillende Italiaanse kunststromingen en -stijlen.

Ik begeleid haar naar het Bellissimo op hetzelfde moment dat ik Tony, die ons van het privé-vliegveld heeft opgehaald, hoor vloeken.

Daar, recht voor ons, staat een prachtige brunette met lange benen.

Jenna Pachino.

"Ik regel dit wel," zegt Tony. Maar ik kan haar niet negeren. Als ik dat doe, kan er een oorlog ontstaan. Ik zit in een lastige situatie en ieder verkeerd woord kan de boel doen ontploffen.

Cristo, Madonna e Dio, waarom heb ik deze situatie niet eerder aangepakt? Meer nagedacht over het probleem? Een beetje finesse gebruikt? Nu sta ik op het punt om alles te verpesten.

"Jenna." Ik probeer een normale toon aan te houden. Ik pak haar schouders vast en we geven elkaar twee kussen op de wang.

Sondra verstijft naast me.

Natuurlijk, dit is haar zwakke plek.

Ik leg mijn hand op haar rug om haar gerust te stellen,

maar Jenna's ogen volgen het. Christus, ik wil niet dat ze haar vader vertelt dat ik haar niet respecteerde.

Ik ben er geweest.

Tony komt de aandacht afleiden en ze geven elkaar een kus op de wang.

"Tony, wil je ervoor zorgen dat Jenna alles krijgt wat ze nodig heeft en dat je haar naar mijn kantoor brengt?"

"Natuurlijk, baas."

"Ik kom er zo aan."

Jenna's blik dwaalt af naar Sondra. Ik heb haar nog niet voorgesteld. Wat moet ik in godsnaam zeggen? Er is echt niets dat ik kan zeggen dat me niet voorgoed in de problemen brengt.

Ze heeft geen argwanende blik - eerder nieuwsgierig - maar de onderhuidse spanning tussen ons is duidelijk aanwezig.

Tony legt een hand op Jenna's onderrug en begeleidt haar, en ik blaas mijn adem uit.

Sondra is bleek geworden, haar uitdrukking is vlak.

"Ze is de dochter van een andere maffiabaas in Chicago," zeg ik zodra ik weet dat ze het niet meer kan horen. "Ik weet niet wat ze wil, maar ik moet haar ontmoeten. Ik zal het kort houden."

Sondra's gezicht vertoont een alarmsignaal en ik weet dat ik precies het verkeerde heb gezegd.

Maar op dit moment kan ik niet bedenken hoe ik deze dreigende ramp kan oplossen.

"Sondra?" Ik duw een knokkel onder haar kin.

Ze trekt weg.

"Nee." Ik spreek vastberaden. Ik heb geen idee waarom ik ervoor gekozen heb om haar hard aan te pakken, in plaats van haar te overhalen, maar het lijkt te werken. Ze gehoorzaamt het gezag in mijn stem en draait zich om. Ik schud mijn hoofd. "Je denkt dat ik dat meisje neuk, hè?"

Haar hoofd wiebelt op haar nek. "Doe je dat?" De trilling in haar stem vermoordt me.

"Ik heb haar nooit aangeraakt. Nooit. Vertrouw je me?"

Ik hou mijn adem in. Natuurlijk vertrouwt ze me niet. Als dat zo was, zou ze niet kijken alsof ik net haar katje vermoord heb.

Ze haalt haar schouders op. "Ik weet het niet, Nico. Ik heb hier slechte ervaringen mee."

"Ik weet het." Ik stap haar ruimte binnen en pak haar schouders vast, laat met de intensiteit van mijn blik zien hoe serieus ik ben. "Daarom bevror ik toen ze ons verraste. Ik wilde niet dat je de verkeerde indruk kreeg."

Ik zie haar twijfelen. Ik boek vooruitgang.

"Vertrouw me alsjeblieft. Ik ga uitzoeken wat ze wil en zorg dat ik van haar afkom. Ik zal je niet bedriegen. Nooit. Geloof je me?"

Haar lippen trillen lichtjes, maar ze tilt haar kin op. "Ik wil het wel. Ik weet het alleen niet."

Ik knik. Dat is waarschijnlijk het beste wat ik kan krijgen.

"Ik zal het je bewijzen. Geef me gewoon een kans, oké, schatje? Ik kan je nu niet verliezen. Dat kan ik niet." Ik probeer haar een klein deel van de kwetsbaarheid te tonen die zij me biedt.

Haar wimpers knipperen en ze knikt. Ik pak haar gezicht en kus haar - de zachtste kus die ik ooit gegeven heb. Het is zo zoet als een belofte. Zo heilig als een zegen.

Eerst beantwoordt ze hem niet, maar dan wordt ze zachter, beweegt haar lippen tegen de mijne. Ik streel haar haren. "Ben je in je suite?"

Ze knikt.

"Ik vind je daar wel."

Ik kus haar opnieuw en vertrek.

Verdomme. Als ik er nu maar in slaag om geen oorlog te beginnen over Jenna Pachino.

~

*Jenna*

MIJN MOEDER WILDE MET ME MEEGAAN. Mijn vader wilde Alex als lijfwacht sturen, maar ik weigerde. Als ik naar mijn verloofde zou worden gestuurd, vergezeld door de enige man die mijn hart ooit sneller deed kloppen, zou dat een moeilijke situatie onmogelijk maken.

Ik heb een plan en na wat ik net in de lobby zag, denk ik dat het wel eens zou kunnen werken.

Het probleem is, ik ken Nico Tacone helemaal niet. Ik heb hem gezien op familiefeesten, bruiloften en begrafenissen, maar ik vermeed hem als de pest.

En hij leek mij ook te mijden.

Tenminste dat is waar ik op reken.

Dus zit ik in een zachte stoel buiten zijn kantoor met zijn pitbull Tony als lijfwacht bij de deur en probeer kalm te blijven.

Hij laat me niet lang wachten. Tacone arriveert en houdt de deur voor me open, het toonbeeld van hoffelijke beleefdheid.

Ik veeg mijn handen af aan mijn zwarte jeansrok en ga naar binnen.

"Ik hoorde dat je afgestudeerd bent," zegt Tacone beleefd. "Gefeliciteerd." Hij wijst me een stoel tegenover zijn bureau en gaat zelf ook zitten.

Ik slik de brok in mijn keel weg. "Dank u." Mijn handen verstrengelen in mijn schoot. Mijn lippen voelen te droog aan. "Mijn vader zegt dat het tijd is om te trouwen," flap ik eruit.

Tacone's gezicht blijft leeg, maar ik zweer dat ik een spier zie bewegen in zijn wang.

"Ben je -" Ik adem diep in. "Ben je klaar om met me te trouwen?"

Verdorie. Dat had ik niet moeten zeggen. Nu geef ik hem geen keuze. Hij kan geen nee zeggen zonder mijn familie te beledigen.

Hij knippert naar me. "Jenna -"

"Wacht," onderbreek ik. "Ik wil het antwoord op die vraag niet weten. Wat ik wil zeggen, is..."

Hij kijkt me met zijn bruine ogen beleefd aan. Er is echt niets mis met deze man. Hij lijkt heel aardig. Hij is superrijk. Ziet er zeker goed uit.

Ik zou met hem moeten willen trouwen. Zeker als je bedenkt hoeveel het voor mijn vader betekent.

Maar ik ben een slechte dochter.

Ik wil wat ik niet kan krijgen - Alex.

"Zou je overwegen om het contract op te zeggen?"

Tacone's wenkbrauwen schieten omhoog naar zijn haarlijn. "Ja." Dat woord barst uit hem. Misschien lees ik er te veel in, maar ik denk dat ik de opluchting hoor van twintig jaar angst, die ik ook heb gevoeld.

"Ik - Ik wil niet met je trouwen. Niet kwaad bedoeld."

Zijn lippen bewegen. "Geen probleem. Weet je vader dat je hier bent?"

Mijn schouders zakken. "Ja, maar hij heeft me gestuurd om afspraken met je te maken. Hij wil nog steeds dat we ermee doorgaan."

Tacone haalt een hand door zijn dikke haar. "Ik heb de mijne ook nog niet gesproken. Ik denk dat ik er beter heen kan vliegen om hem onder vier ogen spreken. Zodat ik het wat kan uitleggen. Zal Giuseppe niet wijken?"

Ik knaag op mijn lip. "Nee, maar misschien als hij zou weten dat je familie het afzegt -"

Tacone zucht, verslagenheid kruipt in zijn uitdrukking. Ja. We zijn weer terug op het punt waar we waren als kinderen, waarbij we vasthangen aan het contract van onze ouders, en waar onze mening niet van belang is.

Ik haal diep adem, mijn hart bonst bij wat ik ga zeggen. "Ik zou een tijdje kunnen verdwijnen. Ik bedoel, ik wil verdwijnen. Ik stuur een brief waarin ik zeg dat ik er niet mee doorga. Ik stuur hem naar zowel mijn als jouw vader. En dan verdwijn ik. Niemand heeft schuld behalve ik."

Hij wrijft over zijn kaak, zijn blik is scherpzinnig. "Ah. En je bent hier om dit plan met mij te bespreken omdat je geld nodig hebt om te verdwijnen?"

Mijn maag draait zich om. Ik ken maffiamannen. Ik kan maar best eerlijk zijn. Alles opbiechten. De kaarten op tafel leggen en hen laten beslissen wat ze ermee doen. "Ja. En ik wilde er zeker van zijn dat je niet boos zou zijn. Ik wil geen oorlog beginnen."

Hij is een lang moment stil en kijkt me aan. Mijn vader zou iets met zijn handen doen - een sigaar opsteken of roken. Maar Nico Tacone niet. Het is moeilijk om niet te bewegen onder zijn directe blik. Uiteindelijk zegt hij, "Dat wil ik ook niet." Hij staat op en loopt naar een kluis. "Ja, ik zal je verdwijning financieren. Daar heb ik geen probleem mee. Breng me eerst de brieven, dan regel ik wat je nodig hebt."

Ik voel vleugels die uitslaan in mijn borst zoals ik nog nooit heb ervaren. Het is meer dan opluchting. Het is vrijheid.

Mijn leven zal van mij zijn om te leven.

Het mijne, alleen van mij.

Ik zoek in mijn tas en haal er drie enveloppen uit, al

geadresseerd en gefrankeerd, maar niet verzegeld. Ik duw ze over het bureau.

Tacone's lippen bewegen als hij ze aanneemt en ze een voor een leest. Ze zijn identiek, getypt maar met de hand ondertekend.

"Heb je een nieuwe identiteitskaart nodig? Paspoort? Creditcards?"

Ik ben aan het zweven. Dit is allemaal veel te gemakkelijk.

"Ja, graag."

Hij knikt en staat op van het bureau. "Oké. Ik zal Tony je laten helpen. Hij zal je ook genoeg geld geven voor het begin. Wat je maar nodig hebt. Maar, Jenna?

Ik kijk naar hem op. Zijn uitdrukking wordt streng. "Kom niet meer terug naar hier. Neem geen contact met me op. Als je iets nodig hebt, neem dan contact op met Tony. Hij zal je wel helpen. Capiche? En zorg ervoor dat hij jou ook kan bereiken. Ik laat je weten wanneer het contract ontbonden is."

Ik sta op. Ik wil nu echt de ring van de man kussen en mijn eeuwige trouw zweren. Ik wil gewoon niet met hem trouwen.

"Dank u, Mr. Tacone - Nico. Bedankt om zo begripvol en genereus te zijn."

"Hetzelfde." We geven elkaar een kus op de wang en hij opent de deur en spreekt in een ondertoon tegen Tony die knikt en me voor laat lopen.

Ik stap naar voren, naar mijn toekomst. Mijn vrijheid.

De maffiaprinses gooit haar kroon weg.

## 13

*Sondra*

"Goedemorgen, juffrouw Simonson," de bewaker knikt naar me als ik uit de lift stap. Ik krijg deze voorkeursbehandeling nu overal in het casino. Het is algemeen bekend dat ik Nico's meisje ben. Ik word naar voren geroepen in de rij bij Starbucks, mijn favoriete drankje staat al voor me klaar.

Als ik naar buiten ga, heeft de bediende Nico's Mercedes al voor me klaar staan. Ik pak de sleutels en doe alsof met een Mercedes rijden voor mij een heel normale zaak is.

Het is moeilijk om niet alles in een keer te willen. Het is moeilijk om mezelf niet te laten genieten van alles wat het betekent om Nico Tacone's vriendin te zijn.

Maar het is een totale fantasiewereld. Als ik hier op lange termijn zou blijven, zou ik naar buiten moeten gaan en vrienden maken, in de natuur zijn, mijn eigen leven opbouwen.

Maar op dit moment geniet ik er gewoon van. Nico

stopte vanmorgen een hoop geld in mijn tas en zei dat ik kleren moest gaan kopen. Zijn neef Sal trouwt vanmiddag en we zijn uitgenodigd. Toen ik vroeg wat ik aan moest trekken, zei hij dat ik een dozijn outfits moest kopen en dan zou hij straks kiezen.

Domme man. Domme, schattige, dominante man.

Ik heb Sal ontmoet - hij is een van de kerels die een suite heeft op dezelfde verdieping als Nico - maar we hebben nog niet gepraat. Ik weet niets over hem. Dit zal de eerste keer zijn dat ik Nico's familie ontmoet en ik weet dat hij dat niet wilde.

Maar als ik echt zijn vriendin ben en niet gewoon een of andere vrouw, dan moet ik deze afstand overbruggen. Uitzoeken of ik het aankan om voor altijd verbonden te zijn met een man die geboren is in een criminele familie.

Wat waarschijnlijk betekent dat ik hem een paar moeilijke vragen zal moeten stellen. Hoeveel bloed heeft hij aan zijn handen? Hoe legaal zijn de zaken waar hij me bezig is? Want voor zover ik kan zien, runt hij een winstgevend casino. Ik weet niet goed wat het illegale gedeelte is.

Maar ik weet zeker dat het er is. En ik weet niet of ik de antwoorden wel wil weten.

Ik ga naar de Saks off 5th outlet en begin outfits uit te zoeken. Het is extravagant en belachelijk, en ik geef nooit geld uit aan kleren voor mezelf, maar het feit dat hij me een opdracht heeft gegeven en uit de resultaten wil kiezen, maakt het een leuk spelletje. Ik vul een kar met kleding en sleep het mee naar de kleedkamer, tien stuks per keer.

Twee uur later sleur ik vijf gigantische zakken kleren, schoenen en een jas mee, en keer er mee terug naar het casino. De bediende begroet me alsof ik de Prinses van Wales ben en de piccolo staat erop om mijn winkeltassen naar mijn kamer te brengen.

Nico komt een paar minuten later binnen zonder te kloppen.

"Hoe wist je dat ik terug was?"

Zijn lippen krullen omhoog. "Ik heb de bediende gevraagd het me te laten weten."

Ik duw een heup opzij. "Ik weet nooit zeker of ik me gevleid moet voelen of dat ik er bang van moet worden hoe controlerend je bent."

Nico stopt zijn handen in zijn zakken. Het is een teken van bezorgdheid - hij probeert me nu eens niet te versieren. "Ik weet dat ik veel onzin uitkraam, schatje. Ik doe graag alsof ik je bezit. Maar ik zou je nooit tegenhouden om iets te doen wat je wilt doen, zelfs als dat zou betekenen dat je hier weg zou gaan en nooit meer terug zou komen." De woorden lijken moeilijk voor hem, want de spieren in zijn keel spannen zich op en er beweegt een spier in zijn kaak.

Ik sluit de afstand tussen ons, druk mijn lichaam tegen het zijne. Zijn sterke armen slaan zich om me heen. "Dat is alles wat ik moet weten," mompel ik.

"Sondra," mompelt hij, terwijl hij zijn voorhoofd tegen het mijne drukt. "Je bent er één uit de duizend. De manier waarop je me altijd neemt zoals ik ben."

Ik slik. Nu is het tijd voor het moeilijke gesprek. "Nico... vertel me het ergste. Wie ben je? Waar ben je bij betrokken? Wat heb je gedaan?"

Zijn armen worden strakker om me heen geslagen en zijn gezicht wordt bleek. "Moet ik je fouilleren op zoek naar een microfoon?" De grap is geforceerd en geen van ons beide lacht.

"Echt, Sondra, ik kan het je niet vertellen. Ik zal je niets vertellen dat je in een lastige of gevaarlijke positie kan brengen - met mijn familie of de politie. En denk maar niet dat ik niet weet dat je een oom bij de politie hebt."

Ik duw hem tegen zijn borst. "Denk je nog steeds dat ik een spion ben?"

"Nee natuurlijk niet. Nee, nee, nee. Luister." Hij streelt mijn gezicht. "Waar komt dit vandaan? Waarom vraag je dat?" Ik kijk weg, maar hij draait mijn gezicht terug. "Probeer je uit te zoeken of je kunt blijven?"

Ik knik.

Hij blaast een lange, trage adem uit. "Ik zal je dit zeggen. Ik heb Chicago verlaten omdat ik geen bloed aan mijn handen wilde. Ik wilde niet mijn hele leven over mijn schouder moeten kijken, bang voor een volgende schutter of de politie die me probeerde neer te halen. Ik geloofde dat grote bedrijven hetzelfde doen als mijn familie op straat, op grote schaal en het is legaal. Dat wilde ik ook. Grootschalige, legale zaken. Ik wist al wat gokken was, dus kwam ik naar Vegas.

"Maar mijn familie hielp me financieel, wat betekent dat ik nooit echt vrij kan zijn. Ik hou me bezig met het witwassen van hun geld. Ik gebruik nog steeds de ouderwetse technieken van intimidatie en angst als het nodig is. Geen moord," hij schudt zijn hoofd. "Geen drugs. Geen sekshandel. Niets illegaals. En als ik vandaag de dag de banden kon verbreken en 100% legaal kon worden, zou ik het doen. Ik weet nu alleen nog niet hoe." Hij streelt met zijn duim over mijn gezicht. "Dus nu weet je het. Dat is alles. Nou ja, bijna alles. Ik heb één dode op mijn geweten van toen ik me moest bewijzen. Het is een vereiste. Het maakte me ziek en het bevestigde mijn besluit om weg te gaan en nooit meer terug te keren." Er klinkt een wankeling in zijn stem en ik druk me tegen hem aan, met mijn wang tegen zijn borst.

Ik wil hem zeggen dat het me spijt van zijn familie, zijn verleden, maar hoe zeg ik dat zonder te ontkennen wie hij nu is? Dus ik hou hem gewoon vast, toon hem dat ik er nog steeds ben. Nog steeds aan zijn kant sta. Welke kant dat ook is.

∽

*Nico*

HET WAS KORT DAG, maar Sal heeft een mooie privé-kapel kunnen boeken, niet zo'n goedkope Elvis-kapel. Ik rij de parkeerplaats van de kapel op en zet de Porsche die ik voor vandaag had meegenomen uit. We stappen uit en ik begeleid Sondra naar de deur. Ze draagt een strakke witte capri jeans met roze-gouden hakken en een turquoise blouse. Ze ziet er stijlvol en mooi uit.

Sal trouwt met een stripteasedanseres die hij een jaar geleden heeft ingehuurd. Hij neukt haar sindsdien en besloot vorige week, toen ze hem vertelde dat ze zwanger was, om het officieel te maken. Hij heeft mij laten beloven dat ik zou zwijgen over haar vorige beroep, waar ik geen probleem mee heb. Ik mag dat meisje eigenlijk wel. Ze is een meid uit Jersey, straatslim maar gul. Ze zal in de familie passen, een goede moeder voor zijn kinderen zijn.

Ik kan niet zeggen of ik iets gewonnen of verloren heb bij Sondra. Het lijkt een overwinning te zijn, maar ze is stil tijdens de rit naar de kapel. Ze werd zacht, wat steeds haar geschenk aan mij is, maar wie weet welke conclusies ze trekt uit wat ik haar vertelde. Welke beslissingen ze zal nemen.

Ik zal ze eren, wat ze beslist. Zelfs als het me pijn doet om haar te laten gaan.

"Nico!" Mijn tante roept vanaf de parkeerplaats.

Ik stop en wacht tot zij en twee andere nichtjes er zijn. Mijn oom, haar man, zit levenslang in de gevangenis, daarom heb ik Sal onder mijn hoede genomen toen ik hierheen verhuisde. Zij en de meisjes zijn vanmorgen met mijn vliegtuig aangekomen. "Tante Perla, dit is Sondra. Sondra, dit is de moeder van Sal, mijn tante Perla, en zijn kleine zusjes, Genevieve en Kara."

Leo komt aan en daarna komt Sal in zijn eigen auto, hij ziet er gehaast en gespannen uit. "Waar is de bruid?" roep ik.

Zijn hoofd draait rond terwijl hij de parkeerplaats afspeurt, er is paniek in zijn ogen te zien tot zijn blik op een rode mustang valt die vooraan geparkeerd staat. "Ze is hier. Zij en haar vriendinnen zijn al wat vroeger gekomen."

Hij omhelst zijn moeder en zussen, geeft me een hand, geeft Sondra een kus op haar wang en geeft Leo een schouderklopje.

"Sal, dit is geen katholieke kerk," klaagt zijn moeder. "Ik kan niet geloven dat je gaat trouwen in een niet-kerkelijke kapel."

"Ik weet het, Ma. Dit was het beste wat ik kon vinden op zo'n korte termijn."

Tante Perla snuift en ik hou de deur open. De hele bende komt binnen en we lopen door een binnenruimte naar een binnenplaats met nepkeien en een waterval die door het middelpunt naar beneden loopt.

"Dit is mooi," mompelt Sondra beleefd.

Ik vind de vorm van de rotsen een beetje op billen lijken, maar ik houd mijn mond.

De ceremoniemeester vraagt ons plaats te nemen op de plastic klapstoeltjes en de orgelmuziek begint te spelen. De bruid komt binnen met haar twee bruidsmeisjes - ook stripteasedanseressen, vermoed ik - en ze ontmoeten Sal bij de billenwaterval.

Gelukkig houdt de ceremoniemeester het kort en

bondig. Ik hou Sondra's hand vast tijdens de ceremonie en tante Perla vindt zelfs de genade om zachtjes te huilen.

"En nu wil ik jullie allemaal uitnodigen voor een feestelijk diner in Scordetto's Italiaanse Restaurant," kondig ik aan.

"Is dat een restaurant in jouw casino, Nico?" Vraagt tante Perla.

Ik schud mijn hoofd. "Nee, Sal wil zijn bruiloft niet vieren op de plek waar hij werkt. Ik heb een mooi restaurant afgehuurd voor vanavond. Kom, we gaan."

"Dat is lief van je," mompelt Sondra terwijl ik haar naar buiten leid.

"Het minste wat ik kon doen." Ik open haar autodeur en help haar instappen. De waarheid is, dat ik al kriebels krijg bij het idee dat Sondra bij de familie zal zijn. Later zou ik denken dat het mijn gevoel was dat me waarschuwde, maar alles wat ik nu denk is hoe ongeschoold en niet verfijnd ze voor haar moeten lijken. Het is klote dat is me schaam voor mijn afkomst, maar ik denk dat ik mezelf aardig omhoog heb gewerkt. Ik vergeet vaak hoe ver, tot momenten als deze.

~

Sondra

Nico lijkt afgeleid en oncomfortabel wanneer we in het restaurant aankomen, en ik voel helemaal met hem mee. Wie wordt er niet zenuwachtig van familiebijeenkomsten?

Ik ga naar het damestoilet en als ik uit het hokje kom, hoor ik Nico's tante en Sal buiten op de gang praten.

"En wat is het verhaal achter Nico's vriendin?"

Ik bevries, mijn hand ligt op de deur om hem open te duwen.

"Ja, ze is aardig. Maakt hem gelukkig," antwoordt Sal.

"Ja, maar hoe zit het met de verloofde? Is hij niet nog steeds verloofd met Jenna Pachino?"

Jenna Pachino. Ik wist het!

Ik word ijskoud en heet tegelijkertijd. Mijn maag keert zich binnenstebuiten.

Oh mijn God. Ik wist dat zijn verhaal niet klopte. De manier waarop hij me niet voorstelde toen ze in het casino verscheen. Is zij zijn verdomde verloofde?

Dit is mijn patroon. Bedriegende klootzakken. Zelfs als ik weet dat ze liegen, wil ik ze nog steeds geloven. En deze keer? Deze keer denk ik niet dat ik er ooit overheen kom.

Ik ga weg van de deur, trillend als iemand die in shock is geraakt.

Oh ja. Ik ben in shock. Op de een of andere manier slaag ik erin mijn telefoon tevoorschijn te halen. "Corey?" Verdomme, ik ben al aan het huilen.

Mijn nicht moet het gehoord hebben in mijn stem. "Wat is er aan de hand?"

"Ik wil dat je me ophaalt – bij Scordetto's. Kom alsjeblieft snel."

"Ik kom er zo aan. Ben je veilig? Gewond?

"Ik ben oké, ik moet hier alleen meteen weg."

Ik hoor een deur dichtslaan. "Ik ben al onderweg," belooft ze.

Ik wacht met mijn oor tegen de deur gedrukt tot ik zeker weet dat er niemand buiten is voor ik naar buiten glip. De groep zit in de achterste ruimte en bestelt drankjes, dus ik kan door de voordeur naar buiten zonder dat iemand me ziet. Ik sluip langs de zijkant van het gebouw als een crimineel en wacht. Het voelt als uren, maar het zijn waarschijnlijk niet meer dan tien minuten voordat Corey's auto gierend het parkeerterrein op komt rijden.

Ik ren erheen, net op het moment dat Nico naar buiten komt.

"Sondra!" schreeuwt hij wanneer ik de autodeur opengooi. "Wacht! Waar ga je heen?" Hij rent naar de auto toe.

"Maak dat je wegkomt!" snik ik tegen Corey.

Ze trapt op het gas, maar Nico gooit zich voor de auto, waardoor Corey op de rem moet gaan staan.

"Sondra! Wat is er gebeurd?" Hij rent naar mijn kant van de auto.

"Waar is je verloofde, Nico? Waarom heb je haar vandaag niet meegenomen?"

Als ik zou twijfelen of de verloofde echt was, dan verdampt die twijfel op het moment dat ik Nico stil zie staan.

"Rij weg," zeg ik tegen Corey.

"Wacht!" Nico grijpt nog naar de auto wanneer Corey het gas intrapt. "Laat het me uitleggen."

Ik steek mijn middelvinger naar hem op en we rijden de oprit af.

En dan ben ik een snikkende puinhoop. "Ik heb weer een bedrieger gekozen. Kan je het geloven? Ik kan het echt niet geloven."

Corey werpt me een bezorgde blik toe. "Het spijt me zo, Sondra. Hij verdient het om te sterven."

"Nou, zo ver zou ik niet willen gaan," zeg ik, terwijl ik met de achterkant van mijn hand de tranen wegveeg.

Mijn telefoon gaat over en er komt een sms binnen. Ik weet dat het van Nico is, maar ik ben te stom om niet te kijken.

Ik ga niet met Jenna trouwen. Ik ken haar nauwelijks. Het was een contract dat onze vaders maakten toen we kinderen waren. Ze kwam hier om te vragen of ik wilde helpen het te ontbinden, wat ik doe. Ik was nooit van plan om met haar te trouwen. Ik wil alleen bij jou zijn.

Ik lees het hardop voor aan Corey, die haar lippen op elkaar perst. "Nou, dan had hij het je moeten vertellen."

Mijn snikken worden stil. Ik denk dat ik hem echt geloof, wat misschien totale waanzin is. "Ja, dat had hij moeten doen." Het maakt niet uit, toch. Het enige wat ik weet is dat ik mijn eigen inschatting niet kan vertrouwen met deze man.

Ik blokkeer zijn nummer op mijn telefoon.

"Waarheen?" Vraagt Corey.

"Naar huis."

"Naar mij thuis?"

"Nee. Michigan. Ik wil naar huis. Breng me naar het vliegveld."

## 14

*Nico*

IK WORD GEK.

Ik krijg haar nicht niet aan het praten, om me te vertellen waar ze is. Tenminste niet met geweldloze overtuigingsmethodes en ik ga haar natuurlijk niet dwingen. Ik laat iemand Corey's huis in de gaten houden, maar het lijkt erop dat ze daar niet is. Ze is ook op geen enkele camera in het casino te zien geweest.

Mijn meisje is weg.

Ook al wist ik de hele tijd dat ik niet de juiste was voor haar, ik kan het niet uitstaan dat ik haar pijn heb gedaan. Ik duwde een mes recht in haar zwakke plek en gaf haar het gevoel weer bedrogen te worden.

Het is onvergeeflijk.

En dat is het deel dat ik goed moet maken. Ik kan haar niet gewond weg laten lopen van deze situatie. Dat heb ik nooit gewild. Ik was egoïstisch - ik gaf toe dat ze dichterbij kwam. Ik liet mezelf meeslepen door het plezier dat ze me bezorgde. Maar nadat ik haar heb kunnen overtuigen van het feit dat ik de waarheid spreek, moet ik haar laten gaan.

Het is de enige manier waarop ik dit goed kan maken.

∼

*Sondra*

Ik lig in bed met de dekens tot over mijn hoofd, voor de derde dag op rij. Mijn moeder is al een dozijn keer langs geweest om me eruit te krijgen, maar ik heb het er niet voor over.

"Laat me gewoon rusten," zeg ik tegen haar. "Ik heb slaap nodig."

Mijn telefoon gaat en ik negeer het. Er komt een sms door. Ook dat negeer ik. Hij gaat weer over.

Ik kijk naar het scherm.

Corey.

Ik neem op. "Hoi." Zelfs in mijn eigen oren klinkt mijn stem zwaarder dan lood.

"Ik denk dat Nico's verhaal waar is," zegt Corey.

Mijn maag, nerveus en leeg door het depressieve dieet van een paar hapjes fruit en toast, slaat op hol.

"Hij heeft met me gepraat. Ik heb zijn neef Sal in het nauw gedreven en ik heb het zelfs aan die vent Leo en zijn lijfwacht Tony gevraagd. Ze vertelden allemaal hetzelfde verhaal. Een jeugdverbintenis die nooit is nagekomen. Tony zegt zelfs dat hij haar geld heeft gegeven om te verdwijnen terwijl Nico de dingen regelt met haar vader." Haar stem wordt zachter. "Hij zegt ook dat Nico een totaal wrak is. Hij heeft niet meer geslapen sinds jij weg bent."

"Waarom vertel je me dit?" Als er paniek in mijn stem klinkt, is het omdat ik me de laatste drie dagen heb verzoend met het feit dat ik Nico nooit meer zal zien. Nu duwt Corey de deur open die ik zo hard probeerde dicht te houden.

"Ik vond gewoon dat je het moest weten. Hij had je wel moeten vertellen over die hele verloofde situatie, maar met jouw verleden zou je misschien tot de slechtste conclusie zijn gekomen. Hij was je niet aan het bedriegen, Sondra."

Ik gooi de dekens naar achteren, plotseling te ongeduldig om in bed te blijven. "Het doet er niet toe. Ik zou toch niet met hem trouwen. Een einde zou onvermijdelijk zijn geweest. Dus nu is het voorbij." Ik loop naar de badkamer, de behoefte aan een douche is overweldigend.

"Ik weet het niet. Ik denk dat je erover nadacht om op lange termijn bij hem te blijven. En dat is een andere situatie. Ik weet niet of je die twee situaties door elkaar moet halen."

"Sta je nu echt aan zijn kant?" snauw ik.

"Nee! Ik sta helemaal aan jouw kant. Ik steun je, wat je ook beslist. Maar ik vind niet dat je moet kiezen op basis van welke gevoelens dan ook die bij je opkwamen omdat je dacht dat hij vreemdging. Ik ben er vrij zeker van dat hij dat niet deed."

Ik sta stil in de badkamer, de telefoon te hard tegen mijn oor gedrukt. "Oké. Bedankt."

"Gaat het?"

"Nee. Maar dat komt nog wel." Ik hang op en neem een lange douche. Het is tijd om terug te keren naar de wereld van de levenden.

Ik moet een paar beslissingen nemen.

## 15

*Nico*

Mijn privé-detectieve vond een vliegticket op Sondra's naam naar Michigan op de avond van de bruiloft. Ik huur een auto in Detroit en rij anderhalf uur naar Marshall. Ik draag een spijkerbroek en een shirt met korte mouwen. Het is mijn poging om de maffia uit mijn uiterlijk te halen. Ik denk na over hoe ik op zijn minst door de voordeur van Sondra's ouders ga komen.

Ik ben beschoten. Ik ben in elkaar geslagen. Ik heb deals van een miljoen dollar gesloten. Niets heeft me zo doen zweten als dit.

Ik denk dat ik maar één kans heb en ik weet niet of ik het kan. Wanneer ik bij Marshall aankom, stop ik om bloemen te kopen, maar dan besluit ik dat ze te cliché zijn. Sondra heeft geen bloemen of geld van mij nodig. Ze heeft... ik weet niet wat ze nodig heeft, maar ik vermoed dat ik op een of andere manier mijn ziel moet blootgeven.

Wat ik bereid ben te doen.

Ik kom aan bij het huis van haar ouders en bel aan. Een mooie vrouw van midden vijftig doet de deur open. Ze heeft een verwachtingsvolle glimlach, die vervaagt wanneer ze mijn gezicht in zich opneemt. "Jij moet Nico zijn," zegt ze. Er klinkt teleurstelling en een oordeel door in haar stem. Ik heb zeker werk voor de boeg.

"Ja, mevrouw."

Een man die Sondra's vader moet zijn verschijnt achter haar.

Nou, het is tijd om mijn nederigheid boven te halen. "Ik weet dat ik uw dochter pijn heb gedaan, maar ik ben hier om het goed te maken. Ik wil alleen de kans om met haar te praten."

"Ze is hier niet," zegt haar moeder.

Mijn borst verkrampt. Ga ik onzin roepen? Ik weet dat ze naar Marshall is gekomen. "Waar -"

"Ze is gaan wandelen." Haar moeder tilt haar kin op in de richting van de stoep achter me.

"Oh." Opluchting stroomt door me heen. Iedere cel in mijn lichaam wil naar die stoep rennen en die door de hele stad volgen tot ik haar vind. Maar ik heb de strijd met haar ouders nog niet eens gewonnen.

"Mag ik binnenkomen?"

Blijkbaar zijn ze die te aardige Midwesterners want ze weigeren me de toegang niet. Haar moeder opent de hor en beiden lopen ze weg van de deur. Ik stap hun lieve, middenklasse woning binnen en ga zitten wanneer haar vader naar de bank wijst. Hij schraapt zijn keel en biedt me iets te drinken aan, wat ik weiger.

"Ik wil dat jullie allebei weten dat ik serieus ben over jullie dochter. Natuurlijk zal ik haar beslissing respecteren, maar ik hou van haar en ik wil de rest van mijn leven met haar doorbrengen. Een gezinnetje stichten, zelfs." Mijn stem kraakt een beetje en ik maak hem helder. "Ik zal goed voor haar zorgen. En ik zal haar carrière voor honderd procent steunen. Ze is een slimme, getalenteerde vrouw en ik weet dat ze zal slagen in alles wat ze doet."

De spanning is uit haar ouders verdwenen. Ik weet niet of ik ze voor me heb gewonnen, maar ik heb ze in ieder geval wat gerustgesteld. Het is een begin.

"Nou, ik weet niet echt wat er gebeurd is tussen jullie twee, maar Sondra's hart is gebroken-"

"Mam."

Ik sta op bij het geluid van Sondra's stem. Ze staat voor de hordeur. Ik vergeet op een uitnodiging te wachten terwijl ik naar de voordeur loop en hem opengooi. "Sondra."

Ze is bleek. Donkere kringen onder haar ogen ontsieren haar mooie gezicht. "Wat gebeurt er?" vraagt ze. Ze kijkt met haar ogen op en neer. "En wat heb jij aan?"

"Ik probeer er normaal uit te zien," mompel ik en stap het huis uit. "Mag ik met je meelopen? Of wil je een eindje rijden?" Mijn hersens komen op gang, proberen iets meer aantrekkelijks te bedenken om aan te bieden, maar ze zegt: "Ja, oké."

Opluchting laat me bijna op mijn knieën vallen. "Lopen of rijden?"

Ze kijkt naar de huurauto - de Ford Explorer was de beste die ik kon krijgen - en trekt haar wenkbrauwen op. "Laten we een stukje lopen."

"Oké." Ik pak haar hand, niet zeker of ze dat gaat toelaten, maar ze laat me doen. Die van haar is klam en koud. "Sondra, ik heb nooit met jou of een andere vrouw gerotzooid. Dat moet je weten."

"Ik weet het."

Mijn pas hapert. Ze klinkt zo stil, zo zeker. "Weet je dat?"

"Ja. Corey heeft met Tony en Sal en Leo gepraat. Ze zeiden allemaal hetzelfde als jij."

"Ik had je moeten vertellen over het probleem. Eerlijk gezegd heb ik het mijn hele leven stilgehouden, zodat ik er niet over na hoefde te denken. Een dilemma voor morgen - snap je wat ik bedoel?"

Ze kijkt naar me op en ik zweer dat ik sympathie zie in de zachtheid van haar ogen. Ik haal adem en loop naar voren. "Jenna Pachino is naar Vegas gekomen omdat haar vader haar gestuurd heeft om verplicht te trouwen, maar ze wil geen deel uitmaken van dit geregelde huwelijk. We zijn overeengekomen dat ze een tijdje moet verdwijnen tot ik alles opgelost heb. Ik heb haar geld gegeven om te verdwijnen. Dat is alles wat er tussen ons is, dat zweer ik aan La Madonna. Dat is het meeste dat we ooit gepraat hebben. De enige keer dat we samen alleen in een kamer waren. Daarvoor, vermeden we elkaar als de pest."

"Ik wil niet meer over haar praten, Nico."

Mijn hart stopt. Klopt weer onregelmatig. Ik stop en draai haar naar me toe, houd haar andere hand vast alsof we een bruid en bruidegom bij het altaar zijn. "Wil je over ons praten?"

Ze knikt. "Ik heb gehoord wat je tegen mijn ouders hebt gezegd." Haar stem is zacht.

Mijn keel gaat dicht. "Ik wil met je trouwen, amore. Ik wil uitzoeken hoe we dit kunnen laten werken. En het is verdomd ingewikkeld. Zou je -" Ik haal adem. "Zou je me willen als ik niets had? Geen casino, geen familie?"

Verbazing schittert in haar ogen. Ze likt over haar lippen. "Je zou het allemaal opnieuw kunnen opbouwen. Je zou alles kunnen opbouwen."

Nu ben ik verbaasd. Ik verwachtte weerstand, grote overtuigingskracht. Ze maakt het me gemakkelijk.

"Betekent dat - overweeg je het? Wil je dat?"

## Sondra

Ik wist niet hoe graag ik wilde dat Nico me vasthield. Om me de maan en de zon te beloven of misschien gewoon om de leiding te nemen en me weg te dragen. Zeggen dat ik van hem ben en dat hij me aan het bed vastbindt tot ik het zweer.

Maar ik moet nu sterk zijn. Ik moet een grote meid zijn en voor mezelf kiezen.

"Ik weet het niet," fluister ik.

Nico zakt op zijn knieën, gewoon daar op de stoep. Tranen vertroebelen mijn zicht. "Ik heb je nodig, Sondra. Ik had geen doel om te leven voordat ik jou ontmoette. Jij bracht licht waar er alleen duisternis was. Jij geeft mij - neemt mij gewoon zoals ik ben. Ik weet niet hoe je het doet, maar ik kan niet leven zonder jou."

"Sta op, Nico," mompel ik tussen trillende lippen door. Ik probeer hem weer overeind te trekken. Tranen lopen over mijn wangen.

"Ik weet niet eens wat ik je kan bieden, maar ik beloof je dat het alles zal zijn wat ik heb. Alles."

"Ja. Ja. Nico, ik wil jou."

Hij valt achterover en trekt me op zijn schoot. Mensen die voorbij rijden kijken naar ons alsof we gekken zijn en het kan me geen bal schelen. "Wil je mij?" Zijn stem is verscheurd, gebroken.

Ik hou zijn gezicht tussen mijn handen. "Ja. Dat wil ik."

De hardheid keert terug naar zijn gezicht, maar het is niet beangstigend, het is opwindend. Omdat het staalharde vastberadenheid en kracht is. Dezelfde kracht die me laat beven iedere keer als hij zijn zinnen op mij zet.

"Trouw met me?
"Ja."
Hij pakt me op en trekt ons beiden overeind. "Goed." Hij houdt mijn hand vast en begint me naar mijn huis te trekken. Zijn schouders zijn opgetrokken, zijn pas is bruusk, alsof hij op weg is naar een gevecht. "Er is maar één grote rimpel die we moeten gladstrijken. Daarna, weet ik zeker dat we de rest samen wel zullen oplossen. Oké, schatje?
"Ja. Oké."
We komen bij mijn huis aan en hij loopt meteen naar de auto. "Ik heb al een tas met je spullen - van in het casino. Ga afscheid nemen van je ouders. Zeg ze dat we een ring gaan kopen en dat we ze op de hoogte zullen brengen van de trouwdatum."
Hij knipoogt naar me en leunt tegen de auto.
Ik vind het niet erg om hem terug te zien in zijn eigenwijze, bazige zelf. In feite vind ik het heerlijk, net zoals ik het waardeer dat hij zich vernederd heeft voor mij.
Nico Tacone, de machtige man die mij nodig heeft.

~

*SONDRA*

NICO IS STIL TIJDENS DE RIT EN HIJ WIL NIET ZEGGEN WAAR WE HEEN GAAN. Eerst denk ik dat we naar Chicago rijden, totdat we uiteindelijk bij een federale gevangenis in Pekin, Illinois, stoppen en ik me realiseer dat we zijn lieve oude vader bezoeken.

Nico draait zich om naar mij in de auto nadat hij de auto geparkeerd heeft. "Ik zweer bij Cristo, dat ik dit nooit meer van je zal vragen. Maar ik wil dat hij je ontmoet. Ik ga proberen zijn zegen te krijgen voor onze verbintenis."

Zenuwen fladderen in mijn buik, maar ik knik.

Hij knikt terug en we stappen uit. "Ik sta op de lijst van goedgekeurde bezoekers. Ik heb een contactpersoon die bereid is om ons beiden door te laten." We lopen naar de incheckruimte en ik zie hoe Nico oogcontact maakt met een man die haastig naar voren komt. Er is een korte uitwisseling en plotseling staan we vooraan in de rij, worden gefouilleerd op wapens en begeleid naar de bezoekersruimte.

Don Santo Tacone komt binnen in zijn oranje gevangenisuniform. Hij is een oudere versie van Nico, maar zonder leven in zijn ogen. Het zijn koude, vuurrode ogen en als ze over me heen flitsen, loopt de koude rilling van de dood over mijn ruggengraat.

Nico haalt een paar boeken tevoorschijn - die al door de bewakers zijn gecontroleerd - en duwt ze onder het glazen tussenschot.

Zijn vader kijkt er niet eens naar. In plaats daarvan staart hij mij aan. Hard. "Wie is zij?"

"Mijn verloofde."

Zijn wenkbrauwen bewegen. "Dat is ze zeker."

"Ik vraag het niet."

Mijn maag draait zich in een knoop. Ik ben bezweet en koud, bang voor Nico. Bang voor ons.

De ogen van zijn vader vernauwen zich en hij richt zijn blik op Nico. "Zou je haar verkiezen boven de familie?"

Nico knippert snel en knikt dan.

Don Santo richt zijn aandacht op mij en kijkt me nog eens kritisch aan, op en neer. "Waarom?"

Nico slikt. "Zij is... het ontbrekende stukje voor mij. Ik heb haar nodig."

"Jij neemt niet de beslissingen die de hele familie

aangaan. Alleen ik neem die. Je bent niets zonder ons," spuwt hij.

Nico heeft er nog nooit zo nuchter uitgezien. "Misschien niet. Maar dan heb ik haar nog."

Zijn vader staat op en loopt naar buiten.

Ik wil kotsen. Ik weet niet wat Nico van deze ontmoeting had verwacht, maar op de een of andere manier denk ik dat het niet volgens plan is verlopen.

We staan op en vertrekken. Nico zegt niets tot we in de auto zitten.

"Zo, en nu?" vraag ik, met een trillende stem.

Nico kijkt me niet aan. Zijn gezicht is een hard masker wanneer hij de auto start en recht voor zich uit staart. "Dus nu is of alles in orde of zijn er problemen."

Ik verslik me in mijn eigen speeksel. "Wat voor problemen?"

Hij pakt mijn hand en geeft er een kneepje in. "Er zal jou niets overkomen. Dit is gewoon tussen familie."

"Nico. H-hoe lang nog tot alles geregeld is?"

"Oh, heel snel. Ik geef het niet meer dan achtenveertig uur." Hij neemt de afslag richting Chicago. "Dus we laten de boel even sudderen. De uitspraak zal snel komen. In de tussentijd, ga ik de grootste diamant van de Windy City voor je kopen."

"Ik heb geen diamant nodig," mompel ik, terwijl de angst in mijn hart knijpt.

Ik heb geen spijt dat ik Nico heb gekozen. Niet na wat ik net gezien heb. Hij is bereid om zijn hele familie de rug toe te keren voor mij. Maar ik ben echt bang. Totaal uit mijn element.

"Je krijgt een diamant." Nico's stemming lijkt op te fleuren. "Je laat je deze keer door mij verwennen."

Zijn liefde lijkt zich om mij heen te slaan en houdt me vast. "Oké," mompel ik. Wat hem maar gelukkig maakt.

~

We vinden een peervormige diamant bij Tiffany's. Wanneer we terugkomen bij de Explorer, leunen er drie kerels tegenaan, met de armen over elkaar in een stoere houding. Nico verstijft, maar zijn pas wankelt slechts een seconde.

"Geef me de sleutels," beveelt een van hen. Hij lijkt op Nico, maar dan ouder.

Nico gooit hem de sleutels toe.

Zijn broer - ik neem aan dat het zijn broer is - drukt op de knop om de deuren te ontgrendelen en de twee andere jongens gooien de deuren open. "Stap in."

Nico helpt me op de achterbank en komt naast me zitten.

"Zet haar op je schoot," gromt een van de jongens terwijl ze ons op de achterbank sandwichen. Een van hen heeft een pistool op ons gericht.

Zijn broer doorzoekt het handschoenenkastje en controleert onder de stoel. "Heb je geen pistool bij je?" Er zit een spottende toon in zijn stem, alsof Nico betrapt is met zijn broek op de enkels.

"Nee," bevestigt Nico.

Zijn broer kijkt in de achteruitkijkspiegel. "Wat heb jij in godsnaam aan?"

Nico antwoordt niet. Zijn broer bestuurt de auto en als we de stad uitrijden, haalt een van de jongens twee blinddoeken tevoorschijn, die hij om ons hoofd bindt. Ik was al redelijk geschrokken. Nu ben ik klaar om in mijn broek te plassen.

De Explorer mindert vaart en rijdt verder op wat een zandweg lijkt te zijn. Ik hoor een ander voertuig achter ons rijden. Nico's armen klemmen zich stevig om mijn middel, alsof hij me, door me vast te houden, kan beschermen tegen wat er ook gaat gebeuren.

We stoppen. De auto achter ons stopt ook. Mijn blinddoek wordt afgedaan, maar die van Nico niet.

Een vierde man komt achter het stuur van een zwarte Range Rover vandaan. De deuren vliegen open en ze sleuren ons naar buiten. Zijn broer houdt mij in bedwang. Een van de andere mannen neemt een touw en bindt Nico's polsen achter zijn rug vast, dan dwingen ze hem op zijn knieën.

En dan slaan ze hem om de beurt in zijn gezicht.

"Nico!" schreeuw ik, terwijl ik tegen de greep van zijn broer vecht.

Nico probeert overeind te komen. "Junior, als je ook maar een haar op haar hoofd aanraakt -"

"Ik doe haar geen pijn." Junior klinkt bijna geamuseerd. "Ik hou haar alleen maar in bedwang."

Het is waar. Zijn handen zijn enorm, net zoals die van Nico, maar hij houdt me niet met bruuske kracht vast. Hij heeft mijn armen om mijn middel geslagen om me in bedwang te houden en houdt me met weinig moeite vast.

Nico kalmeert enigszins.

"Is dit het meisje waarvoor je bereid bent alles op te geven?" vraagt zijn broer. Een van de schurken slaat Nico opnieuw in het gezicht en druppels bloed vliegen uit zijn mond.

Ik gil.

"Ja."

"Alles? Denk je dat ze je nog wil als je arm bent?"

"Ik wil hem, laat hem gaan -" Ik draai met mijn benen, in een poging om me los te wringen.

"Je kunt haar niet hebben als je dood bent." Alle amusement verdwijnt uit zijn stem - de koude dreiging hangt in de lucht.

"Nee," schreeuw ik. "Dood hem niet. Ik zal hem met rust laten. Ik zal weggaan. Alsjeblieft... het spijt me. Laat hem gaan. Ik zal me er niet mee bemoeien."

Nico beweegt niet. Hij zit op zijn knieën, houdt zijn hoofd hoog, zonder te bewegen, zelfs wanneer de schurken hem tegen zijn ribben stompen.

"Hmm? Je bent liever dood dan zonder haar te leven?"

Nico spuugt bloed uit. Zijn onderste lip is gescheurd. Hij knikt. "Ja."

"Neeee," gil ik. Het weergalmt door de bomen. Mijn keel is schor.

Dit is allemaal mijn schuld. Hij deed dit voor mij. Ik had geen idee wat het hem zou kosten. Wat hij zou riskeren.

Junior houdt zijn pistool tegen mijn hoofd. "Wat als ik haar ook vermoord?"

Nico's gezicht vervormt onder de blinddoek, woede verwringt zijn gelaatstrekken. Ik heb hem nog nooit zo gruwelijk zien kijken. Hij probeert overeind te komen. De twee mannen grijpen zijn schouders vast, duwen hem weer naar beneden en geven hem rake klappen in zijn onbeschermde buik.

"Ik zal verdomme alles vernietigen waar je ooit van gehouden hebt," snauwt Nico.

Junior grinnikt onbezorgd. "Dat wordt vanuit het graf."

"Geloof het maar," spuwt Nico.

Junior laat zijn greep op mij los. "Ik geloof het." Hij tilt zijn kin op naar de handlangers, die abrupt afstand nemen van Nico. Junior loopt naar voren en trekt een mes uit zijn riem.

"Nee, alsjeblieft!" Ik storm naar voren en grijp naar Junior's arm, maar één van de mannen grijpt me vast om mijn middel.

"Voorzichtig met haar," waarschuwt Junior.

Voorzichtig met mij? Mijn hersenen proberen te begrijpen waarom, maar dan reikt Junior langs Nico en snijdt met het mes het touw door dat zijn handen bindt.

"Waar is Jenna Pachino?" vraagt Junior.

"Ik heb haar geld gegeven om een tijdje te verdwijnen. Tony laat het haar weten als alles geregeld is."

"Alles is geregeld. Ik heb met de oude man Pachino gesproken. We hebben een nieuwe samenwerking. Je kunt verdomme de boom in."

Junior pakt Nico's gezicht met beide handen vast en trekt hem overeind. Hij rukt de blinddoek af en kust zijn broer op beide wangen. Dan draait hij zich om en loopt terug naar hun Range Rover. Ik denk dat ik hem "Welkom in de familie" hoor mompelen, terwijl ik langs hem naar Nico ren.

Nico spreidt zijn armen en vangt me erin op.

Ik huil en druk hem zo hard ik kan tegen me aan.

"Rustig, schatje. Niet zo hard."

Oh Christus. Ik ruk me los. Hij heeft waarschijnlijk gebroken ribben. Gekneusd, dat zeker.

De autodeuren gaan dicht - alle vier de mannen zijn in de Range Rover geklommen en laten ons alleen achter.

"Het is al goed, kom hier." Hij trekt me tegen zich aan en kust de bovenkant van mijn hoofd. "Ben je gewond?"

"Ik?" piep ik.

"Ben je gewond?" Zijn stem wordt scherper, alsof er een hel op me af zal komen als ik het ben.

"Nee, helemaal niet." Ik haal trillend adem tegen hem aan, mijn tranen maken zijn met bloed besmeurde shirt nat.

Zijn grote lichaam ontspant zich. Hij wrijft over mijn rug en streelt door mijn haar. "Alles komt goed."

"Echt? Wat gebeurt er?"

"Het was een test. Of misschien een revanche. Een beetje van allebei, denk ik."

Ik til mijn hoofd op en knipper met mijn natte wimpers om zijn gekneusde gezicht te zien. "Een test? Wist je dat?"

Hij haalt zijn schouders op. "Ik was er voor ongeveer zestig procent zeker van."

Zestig procent zeker dat hij niet voor me zou sterven.

Mijn knieën wankelen en ik leun tegen hem aan. "Dus je bent geslaagd?"

Nico lacht door zijn bebloede lippen heen. "Ja, schatje. Alles is oké. Wij gaan trouwen. Jij gaat het Bellissimo opnieuw inrichten. Mijn kleine broer Stefano gaat me helpen om het casino te runnen en ik ga mijn uren gebruiken om jou gelukkig te maken."

Ik druk mijn gezicht tegen zijn borst. "Ik ben al gelukkig," mompel ik.

En het is waar. Ik ben zeker geschokt door wat er net gebeurd is, maar in plaats van mijn beslissing om mijn leven aan dat van Nico te binden te veranderen, heeft zijn volledige toewijding aan mij het alleen maar bevestigd. Ik begrijp dat hij deel uitmaakt van een wereld die niet mooi is, maar hij zou alles voor me doen. Zelfs zijn leven opgeven.

Dus ik heb er vertrouwen in dat de rest wel in orde komt.

# EPILOOG

*Alex*

Ik neem nog een glas champagne en drink het in één teug leeg. Vanuit mijn positie tegen de middelste pilaar, heb ik uitzicht op de hele receptie.

Het verbaast me dat de Tacones alles uit de kast hebben gehaald voor Nico's huwelijk, als je bedenkt wat het voor de familie Pachino betekent. Ik denk dat Junior Tacone iets heeft geregeld met Don Guiseppe, maar het lijkt me toch een klap in het gezicht, als je het mij vraagt.

Natuurlijk, niemand heeft het mij gevraagd.

Het huwelijk is in een van de beste hotels in Chicago - bovenste verdieping, kamerbrede ramen met uitzicht op de stad en Lake Michigan. De bruid is lief - niet het type waar Nico voor zou vallen, maar knap, als je van dat soort gezonde blondjes houdt. Haar familie komt uit Michigan - een stelletje sullige WASP's uit een kleine stad, met uitzondering van haar bruidsmeisje, een langbenige roodharige die eruitziet alsof ze zich met ieder van ons kan meten. En, als ik haar lichaamstaal goed lees, is ze misschien al verliefd op Nico's jongere broer Stefano.

Nico danst met zijn moeder, zijn bruid met haar vader. Het is zo lief dat mijn tanden er pijn van doen.

Natuurlijk heb ik gehoord dat Nico een pak slaag heeft gekregen omdat hij onder het contract uit wilde, terwijl Jenna degene is die is weggelopen. Ik heb ook gehoord dat Nico misschien die verdwijning heeft gefinancierd. Ik heb verdomme gewacht op toestemming om dat feit te controleren.

Want elke verdomde dag dat dat meisje vermist is, zorgt ervoor dat ik weer een gat in mijn muur wil slaan. Ik kan er niet tegen dat ik niet weet of ze veilig is of in de problemen zit. Of ze mijn hulp nodig heeft.

Het feit dat ze naar Tacone ging voor hulp in de eerste plaats doodt me, maar ik begrijp het ook wel. Ze had hem nodig om het huwelijkscontract te verbreken. Ik denk dat om die reden, ik Tacone dankbaar zou moeten zijn.

Maar dat ben ik niet.

Ik wil de klootzak vermoorden omdat hij iets weet over Jenna Pachino wat ik niet weet.

Don G loopt naar me toe en biedt me een sigaar aan. Ik neem ze aan, ook al hou ik er niet echt van. Het maakt de oude man gelukkig en dat is een deel van mijn werk.

"Het is tijd," bromt hij.

Ik kan me niet herinneren dat ik een taak heb gekregen. "Waarvoor?"

"Om mijn dochter terug te brengen."

Mijn hart gaat sneller kloppen.

"De Tacone jongen weet waar ze is. Zoek het uit. Ga naar haar toe. Zorg dat ze in orde is. Breng haar naar huis, naar mij. Ze heeft lang genoeg de ongehoorzame dochter gespeeld."

Godzijdank.

Ik duw me af van de pilaar. "Ik zal ervoor zorgen dat het gebeurt."

"Ik weet dat je dat doet. Daarom heb ik het je gevraagd."

Ik werp hem een blik toe. Jenna Pachino is mijn hele leven al verboden terrein. Nou ja, haar hele leven, want ik ben zes jaar ouder. Het punt is dat ik nooit naar haar heb mogen kijken, laat staan fantaseren over haar.

Dus als Don G zegt dat hij mij in het bijzonder voor deze baan heeft gevraagd, weet ik niet of hij me op het hart drukt op mijn tellen te letten en met mijn handen van haar af te blijven, of dat hij me toestemming geeft haar het hof te maken.

Ik weet één ding: als ik Jenna Pachino vind, neem ik de tijd om haar op het rechte pad te brengen voor ik haar mee naar huis neem.

Want in mijn gedachten, is Jenna Pachino altijd al van mij geweest.

Het Einde

Je kan jouw **bonusmateriaal van Koning van de Diamanten** hier terugvinden: https://subscribepage.com/reneerose_nl \*\*Schrijf je in voor mijn nieuwsbrief om speciale bonusinhoud en nieuws over nieuwe uitgaves in het Nederlands te ontvangen.

Ik hoop dat je genoten hebt van Koning van de Diamanten. Als je het geweldig vond, zou je het dan een recensie willen schrijven of aan beveling willen doen aan een vriend - jullie recensies helpen indie-auteurs echt enorm.

Blijf uitkijken naar het korte verhaal Maffia Papa (Jenna en Alex), evenals de volledige roman, Schoppenboer (Stefano en Corey).

# WIL JE GRATIS BOEKEN?

**Maffia Papa**
**ZE IS ALTIJD AL VAN MIJ GEWEEST.**
Don G gaf me een bevel-- zijn dochter vinden.

Breng haar weer op het rechte pad. Breng haar naar huis.

Natuurlijk - de maffiaprinses onder handen nemen is mij een genoegen.

Maar ze gaat niet naar huis-- ze blijft bij mij.

Want ondanks het huwelijkscontract met een andere familie,

is Jenna Pachino altijd al van mij geweest.

**Ga naar <u>https://www.subscribepage.com/reneerose_nl</u>** om je in te schrijven voor Renee Rose's nieuwsbrief en ontvang gratis boeken. Naast de gratis verhalen, krijg je ook speciale prijzen, exclusieve previews en nieuws over nieuwe uitgaves.

# WIL JE MEER? SCHOPPENBOER

"Ruw, verslavend en absoluut heerlijk. Renee Rose faalt nooit!" ~USA Today Bestseller author Jane Henry

**"JE BENT NU AAN MIJ OVERGELEVERD, AMORE."**

Sorry, *bella*. Je hebt aan het kortste eind getrokken.

Als getuige van een misdaad, ben je nu mijn gevangene.

Ik wilde niet dat het zo zou lopen,

maar je vastbinden aan mijn bed en je laten schreeuwen

is een onverwacht genot. Een voorrecht, eigenlijk.

En zelfs als ik je zou vertrouwen, nu ik van je geproefd heb,

weet ik niet zeker of ik je zou laten gaan...

*Schoppenboer* is een op zichzelf staande romance in de samenhangende Vegas Underground serie. Zonder bedrog, zonder cliffhangers.

Lees Nu

# HOOFDSTUK EÉN - SCHOPPENBOER

*Corey*

DRIE SOORTEN GOKKERS GEVEN VEEL UIT AAN MIJN ROULETTETAFEL.

Er is de man die er met zijn hoofd helemaal bij is. Hij is stil en heeft een gesloten lichaamstaal. Hij zit met gebogen schouders en kijkt me nauwelijks in de ogen Hij speelt op kansen, heeft meestal een systeem waar hij zich religieus aan houdt. Zoals hij altijd voor rood gaat en zijn inzet verdubbelt wanneer hij verliest.

Dan is er de roekeloze gokker. Hij vertrouwt op emotie, drugs of alcohol. Hij is het tegenovergestelde van de eerste soort. Geen systeem, totaal willekeurig. Hij kan de vrouw naast hem vragen naar haar favoriete nummer en daarop inzetten.

Dan is er nog een gokker, mijn persoonlijke favoriet. Hij draagt een elektriciteit met zich mee die vaak de hele tafel meesleept. Het is de man die de magie heeft gevonden. Lady Luck, mojo, de sterren staan op één lijn -

niemand weet wat het is, maar ze hebben een energie die ze volgen. Ze zitten in de flow, volgen hun intuïtie en gokken iedere keer juist.

Vaak lijken ze op roekeloze gokkers: ze zijn extravert, sociaal. Ze gaan om met de mensen om hen heen, inclusief mij, hun croupier.

De walvis - dat is Vegas voor een grote gokker - aan mijn tafel zit vanavond noch iemand die roekeloos is, noch een gokker met lef, hoewel hij de persoonlijkheid en stijl van beide heeft. Hij ziet er prachtig uit met een fijn maatpak en Europese uitstraling, alsof hij zo uit een Italiaans mannentijdschrift is gestapt. Hij flirt schaamteloos met me en maakt een praatje met de mensen om hem heen.

Ik schep en stapel de fiches, en ken de winst met geoefende finesse toe, waarbij ik een éénhandige split en stack doe en bliksemsnel beweeg.

"Daar gaat ze, schoonheid en talent."

Het is afgezaagd, maar ik glimlach naar hem. Ik heb hem graag aan mijn tafel, hou van zijn charme en uitstraling, de grote fooien, maar toch blijft mijn speurzin me achtervolgen. Er is iets vreemds aan hem.

Hij is op dit moment tweeduizend kwijt. Hij schuift zijn fiches op het laatste moment op tafel, net als ik met mijn hand zwaai en geen bets meer vraag. Hij zet ze ook slordig in. Ik kan niet zien of hij ze in het vak voor de Derde Twaalf of Oneven wil.

"Welke, meneer?" Ik leun naar voren om zijn aandacht te trekken terwijl het wiel draait.

Hij heeft nogal wat gedronken, maar hij lijkt niet dronken. Zijn ogen gaan naar mijn decolleté - dat ik ondanks het mannelijke uniform er nog steeds goed uit kan laten zien - en dan weer terug naar mijn gezicht voordat hij me een langzame, goedmoedige grijns geeft. "Oneven, alstublieft. Sorry daarvoor."

"Niet slordig zijn," waarschuw ik, en ik schuif de fiches opzij wanneer de bal in een vakje terechtkomt.

Hij wint. Hij schuift twee fiches van honderd dollar over de tafel naar mij als fooi. Als ik zijn fiches erbij pak, zie ik dat hij een fiche van tien dollar in het midden heeft gestoken in plaats van honderd. Ik kijk omhoog en zie dat hij naar me kijkt. Hij knipoogt.

Klootzak.

Ik geef een subtiel signaal aan de beveiliging om naar me toe te komen.

Het is niet de eerste keer dat ik een voorstel krijg om te bedriegen voor een klant. Het gebeurt vaak genoeg. Het verbijstert me dat hij tweehonderd dollar uitgeeft om me af te kopen om negentig dollar te verdienen. Maar ik veronderstel dat het een test was. Zodra hij erachter kwam of ik hem iets zou geven, zou hij het opnieuw en opnieuw hebben geprobeerd.

Vincent, de beveiligingsmanager van vanavond, loopt naar me toe en komt dicht bij me staan, terwijl hij zijn hoofd buigt om te luisteren.

"Deze kerel speelt slordig en probeert lage fiches in zijn stapel te verstoppen."

Later zou ik me realiseren dat Vincent een beetje te blij met me leek, maar nu valt het niet op. Ik negeer het gefladder in mijn buik als hij rondloopt om de kerel naar buiten te begeleiden. Ik heb er geen spijt van. Ik heb het juiste gedaan, dat is zeker. Ik ben alleen teleurgesteld omdat de man aantrekkelijk en fascinerend voor me was en ik had even gefantaseerd over het feit dat hij me mee uit zou vragen.

Maar wat dan ook. Ik ga deze baan niet riskeren, zelfs niet voor een sexy man in een strak pak. Werken bij het

Bellissimo is als een baan, opleiding en socialisatie allemaal in één glamoureus pakket. Het is eigendom van de beruchte Nico Tacone, van de Tacone Chicago misdaadfamilie, die de plaats met ijzeren vuist regeert. Ik zou niet met hem neuken. Ook al is hij verliefd op mijn nichtje.

Ik werk mijn shift af en ga naar de kleedkamers voor de werknemers. Wanneer ik door de gang naar de beveiligingskantoren loop, stop ik even.

Vincent staat in een ontspannen houding te kletsen met niemand minder dan het sexy pak van mijn tafel.

"Corey," grijnst hij en hij wenkt me dichterbij. "Kom even hier, ik wil je aan iemand voorstellen."

Oh Jezus. Hij was een secret shopper. Of hoe je een veiligheidstest ook noemt. Ik weet niet waarom het me kwaad maakt, maar het is zo. Mijn maag verkrampt als ik naar hem toe stap.

"Corey, dit is Stefano Tacone, ons nieuwe hoofd van de beveiliging."

Ik hef mijn hand op om Stefano een klap in zijn gezicht te geven. Ik weet niet waarom ik dat doe. Ja, ik heb het temperament van een roodharige en ik ben opgegroeid in een gewelddadige familie. Toch zou ik beter moeten weten.

Hij grijpt mijn pols en trekt me daarmee tegen zich aan. "Dat zou ik niet doen." Zijn waarschuwing is meer een laag, rokerig gebrom dan een grom. Alsof hij me hier in de gang vieze praatjes aan het verkopen is.

Mijn lichaam reageert onmiddellijk, mijn kern smelt. Natuurlijk, mijn verdomde wangen worden ook warm. En geloof me, bij een roodharige is er geen twijfel over een blos.

"Niemand slaat een Tacone zonder er spijt van te hebben." Het is een dreigement, maar het is nog steeds vriendelijk uitgesproken, met dezelfde hartveroverende charme die hij gebruikte op de vloer, om mij vals te laten spelen voor hem.

Shit. Heb ik net echt een hand opgetild om een maffiabaas te slaan? Een rilling loopt over mijn rug.

Ik ga echt mijn job verliezen.

Alleen ziet Stefano er niet boos uit. Hij ziet eruit alsof hij me als lunch wil opeten.

Ik denk dat ik maar best mijn fout toegeef. "Vergeef me."

∿

*Stefano*

De schoonheid in mijn armen - nou ja, niet helemaal in mijn armen, meer aan mijn genade overgeleverd - beantwoordt mijn blik met moed.

Ik zie geen angst of weerstand in de heldere blauwe ogen, alleen maar nieuwsgierigheid, bijna een vleugje fascinatie.

Insgelijks, bella.

Ik koos haar tafel voor een reden en het was niet omdat iemand haar verdacht van bedrog. Integendeel. De afdelingsmanager zegt dat ze altijd een menigte van heren aantrekt, grote fooien verdient. Ze is snel en opvallend, straalt de juiste balans uit van cool professioneel en warm uitnodigend bij elk spel dat ze speelt. Ik heb haar getest omdat we een dealer nodig hebben voor privéspelletjes boven.

Maar nu wil ik alle soorten privéspelletjes met haar spelen en bij geen ervan komt een kaartspel of een roulettewiel aan te pas.

"Ik hou er niet van om vernederd te worden," zegt ze.

Even denk ik dat ze in mijn gedachten spreekt en dan realiseer ik me dat het haar rechtvaardiging is voor haar poging om me te slaan. Ze draait haar pols in mijn hand, in een poging om los te komen.

Ik laat het niet toe en trek haar kleine hand naar mijn mond om met mijn lippen over haar knokkels te strelen. "Dat zal ik onthouden," mompel ik.

Ze wordt stil, haar keel werkt aan een slikbeweging. Ze staat zo dichtbij dat ik de warmte van haar lange lichaam voel, de lichte trilling in haar vingers merk, ondanks de strakheid van haar blik.

Daar is de blos weer, die haar verraadt. Ik wil haar stevig tegen mijn lichaam aan blijven houden en kijken hoe haar blauwe ogen zich verwijden als ik iets zeg, maar als ik dat doe, zal ik haar tegen de muur duwen en mijn gang gaan met haar borsten die ze als wapens gebruikt.

Geen enkele andere vrouwelijke croupier lijkt op haar. Het nieuwe uniform is een witte oxford, karmozijnrode vest en een vlinderdas, in hemelsnaam.

Corey slaagt erin om de outfit zondig te maken. De korte zwarte rok sluit aan op haar kont, heupen en taille, en laat een paar lange slanke benen zien. Ze heeft de blouse losgeknoopt en open tot aan de vest en de vlinderdas zit aan de binnenkant zoals de kraag van een minnaar. Wat zou ik dit mooie meisje graag een halsband en een riem omdoen en haar op het rechte pad brengen; ze zou wel wat training kunnen gebruiken. De parel van de outfit is haar vest. Ze heeft er eentje gekozen die twee maten te klein is, waardoor het meer op een bustier of een korset lijkt, dat haar borsten omsluit en naar binnen en naar boven duwt tot ze smeken om uit haar blouse te komen. Ik kan door het vestje niet zien of haar tepels hard zijn, maar te oordelen naar haar open lippen en korte ademhaling, denk ik van wel.

Ik weet dat ik een bult heb gekregen door ruw met haar om te gaan. Wat waarschijnlijk een goede reden zou zijn om haar te laten gaan. Ik dwing een beetje zelfbeheersing af en laat haar gaan.

"Kom naar mijn kantoor, dan kunnen we even praten." Ik zwaai met mijn arm om mijn nieuwe kantoor aan te geven.

Weer houdt ze haar hoofd hoog, gooit haar lange dikke golven over haar schouder terwijl ze me voorgaat naar de gesloten deur.

Ze wacht tot ik hem opendoe, waarschijnlijk omdat het mijn kantoor is, maar ik schep er een duidelijk genoegen in om langs haar heen te reiken en hem open te houden, alsof we op een soort chique afspraakje zijn in plaats van op een sollicitatiegesprek.

"Ga zitten, Corey."

Ze werpt me een bezorgde blik toe terwijl ze tegenover me aan mijn bureau plaatsneemt. "Heeft Nico je op me afgestuurd?"

Ik trek een wenkbrauw op. "Je spreekt mijn broer met zijn voornaam aan?"

"Mr. Tacone," verbetert ze met een lichte blos. Ik hou van haar blos, omdat het zo in strijd is met haar natuurlijke vertrouwen. "Nee, sorry, helemaal niet. Hij gaat uit met mijn nicht, dus -"

"Ah, ja. De vrouw. De reden dat Nico me uit Sicilië heeft laten komen."

Corey lijkt verbaasd. "Wat bedoel je?"

Ik knipoog. "Ik ben hier omdat hij haar dreigde te verliezen - door te veel uren te maken. Ik heb haar nog niet ontmoet, die nicht van jou." Ik laat mijn blik over Corey's gezicht gaan, naar haar verleidelijke decolleté en terug. "Ik kan zien waarom hij betoverd zou kunnen zijn."

Geen blos deze keer. In feite, denk ik dat ze met haar

ogen wilde rollen. Ik vind dit meisje echt leuk. Haar temmen zou zo leuk zijn.

"Hoe heet ze?"

Ze kruist haar lange benen, terwijl ze een rustige houding aanneemt. "Sondra. En je zult haar waarschijnlijk niet ontmoeten. Ze is er niet meer."

Dat wist ik al. Het is maar goed dat ik er op tijd was, want Nico is helemaal doorgedraaid sinds zijn vrouw hem in de steek heeft gelaten. Ik moet de man nog zien, maar ik weet dat hij naar Chicago is gevlogen om zijn gearrangeerde huwelijk en andere shit met onze vader te regelen.

Ze probeert weer de leiding te nemen in het gesprek, "Dus waarom richt jij je op mij? Ik ben een goede dealer. Ik houd mijn handen schoon."

Mijn lippen bewegen. Ik hou van haar karakter. Ze zal perfect zijn voor boven. Ik moet alleen zorgen dat niemand haar aanraakt, want ik begin me al een beetje bezitterig te voelen over deze knappe verschijning. "Je supervisors vinden je leuk, ja. Degenen die niet jaloers zijn." Ik merkte dat de vrouwelijke supervisor haar veel lagere cijfers gaf dan de mannen.

De hoek van Corey's lippen trekt omhoog. Ik hou van de gemakkelijke erkenning die ze geeft aan mijn uitspraak. Ze heeft mijn woorden al juist geïnterpreteerd en stoort zich er niet aan. Ik heb mijn besluit al genomen - ze is slim. Zelfverzekerd. Een lust voor het oog. Ze is perfect.

"We verplaatsen je naar een spel met een hogere inzet. Privéspelletjes." Ik vraag het niet, ik zeg het. Dit is de manier waarop Tacones zakendoen.

Nu heb ik haar verrast. Haar karmozijnrode lippen vallen open en even komt er geen geluid uit. "Dat klinkt gevaarlijk." Haar stem stokt een beetje bij het laatste woord.

Ik trek een wenkbrauw op, zowel nieuwsgierig als

onder de indruk van haar conclusie. "Dat is het niet. Ik zal er bij elke wedstrijd bij zijn. Ik zal niet toestaan dat je iets overkomt." Als ze stil blijft zitten, zeg ik: "Of ben je bezorgd om mij?"

Een lichte blos vertelt me dat ze zeker geïnteresseerd is, maar ze schudt haar hoofd. "Nee. Ja. Ik denk dat ik bedoel dat het... illegaal klinkt."

Daar is het. Ik waardeer mensen zo die direct zijn.

Ik spreid mijn handen. "Dit is Las Vegas. We hebben een gokvergunning. Dat is de reden dat mijn broer hierheen is verhuisd."

"Juist. Natuurlijk." Ze knikt en wendt haar ogen af. Ik hou verdomme van die kleine tekenen van onderdanigheid bij een alfavrouw. Zoals toen ze zich verontschuldigde omdat ze me probeerde te slaan. Ze weet wanneer ze zich staande moet houden en wanneer ze zich moet overgeven. Het geeft me zin om mijn dominantie op vele vuile manieren uit te oefenen - haar op haar knieën zetten en haar wurgen met mijn pik. Haar vastbinden aan mijn bed en haar de hele nacht laten gillen. Haar gehoorzaamheid winnen met een zweep en een wortel.

Ze gelooft me niet, wat weer bewijst dat ze slim is. Gokken mag dan niet illegaal zijn, maar er gebeuren allerlei smerige, ondergrondse dingen langs de zijkant. Zoals de soms gedwongen verzameling van ongewone inzetten geplaatst door wanhopige mannen.

Dit is het spel dat mijn broer Nico leerde van La Famiglia. Hij was een genie om het naar Vegas te brengen, waar het grotendeels legaal is. Ja, dat betekent dat hij belasting betaalt, maar geloof me, niet zoveel als hij zou moeten.

"Het zal niet de hele tijd zijn. Drie of vier nachten per week. We verdubbelen je basisloon en de fooien zullen ook stijgen."

"Je laat me geen keus." Het is een verklaring, geen vraag.

Ik knipoog. "Dat is je opgevallen, hè? Ik heb je nodig bij de spelletjes boven, Corey. Einde verhaal."

Boosheid flits door haar uitdrukking maar ze verbergt het snel. "Waarom ik?"

Ik haal nonchalant mijn schouders op. "Jij bent professioneel. Cool en gereserveerd. Betrouwbaar. Mooi. Kortom, je bent precies wat ik zoek."

Het wantrouwen in haar blik wordt duidelijker. Haar afkeer tegenover mijn aanbod is van haar gezicht af te lezen, maar ze zegt, "Nou. Ik denk dat ik er niets over te zeggen heb."

Ik ben enigszins verbaasd. Ik wist dat ze geen slet was die zich gevleid zou voelen, maar ik denk niet dat ik haar een slecht voorstel doe. En als haar nicht al in bed ligt met Nico - letterlijk - geloof ik niet dat ze zich erg druk maakt over onze familie.

Maar misschien doet ze dat wel.

"Oh er is altijd een keuze, juffrouw Simonson. Je kunt die deur uitlopen."

Eh, ik mag dan de jonge charmante broer zijn, maar ik kan net zo'n stronzo zijn als de rest van mijn familie. Misschien zelfs nog meer.

Haar donkergekleurde lippen worden samengedrukt. "Dat doe ik niet, meneer Tacone." Haar blauwe ogen branden wanneer ze de uitdaging in mijn blik ontmoet.

"Goed." Ik sta op en steek mijn hand uit. "Welkom bij het grote werk."

Ze staat op en ik merk haar korte aarzeling voordat ze mijn hand aanneemt, maar ik geef haar een warme glimlach wanneer ik haar hand schud.

"Morgenavond. Zorg dat je hier om acht uur bent."

"Ja, meneer. Hier - in uw kantoor?"

Ik knik, ook al is het een vreselijk idee. Ik zou haar aan Sal of Leo moeten geven, haar ergens anders moeten ontmoeten, maar ik kan het idee niet afslaan om haar hier te hebben, in mijn kantoor. Mijn persoonlijke croupier. "Draag een jurk - iets sexy."

Ze pauzeert bij de deur en draait zich om, terwijl het wantrouwen weer helemaal terug is.

"Ik zorg ervoor dat niemand je aanraakt." Ik steek drie vingers op. "Scouts eer."

Haar ogen vernauwen zich, haar lippen veranderen in een grijns. "Je was nooit een Scout." Er is een spottende toon van kennis in haar stem die iets doet ontploffen in mijn buik. De drang om die minachting van haar gezicht te laten verdwijnen gaat gepaard met de behoefte om iets te slaan.

Ze heeft gelijk. Ik ben geen scout. Nooit geweest. Mijn grote broers sloegen Nico en mij al in elkaar nog voordat we onze eerste melktanden verloren. We leerden geweld gebruiken op hetzelfde moment dat we ons alfabet leerden. Nico perfectioneerde de kunst van strategie - hoe te manipuleren en te winnen tegen de verwachtingen in - tegen de tijd dat hij de puberteit bereikte. Hij heeft me de kneepjes van het vak geleerd, me beschermd. Mijn leven was makkelijker dan het zijne en ik ben niet verbitterd, maar ik ga me ook niet verontschuldigen, zeker niet tegen deze brutale meid. Dit zijn de kaarten die ik heb gekregen, de familie waarin ik geboren ben.

Maar ik laat niets van dit alles zien. In plaats daarvan, knipoog ik nog een keer en laat mijn lady-killer glimlach zien. "Je hebt me door."

Ik reik langs haar heen om de deur weer te openen. "Doe wat je gezegd wordt - draag de jurk. Ik zorg dat je beloond wordt." Om het nog duidelijker te maken, haal ik een fiche van vijfhonderd dollar uit mijn zak en gooi het in de lucht. Ze vangt het op en houdt dan mijn blik vast terwijl ze het langzaam in haar decolleté stopt.

Ik kan niets anders doen dan de deur dichtslaan en haar ertegenaan duwen, haar grondig fouilleren om te zien wat ze nog meer tussen of rond die mooie borsten verbergt.

"Dan zie ik je morgen." Haar stem klinkt een beetje ademloos, waardoor ik weet dat ze niet immuun is voor de warmte van mijn blik.

Ik schraap mijn keel. "Morgen." Ik wil haar een klap op haar kont geven wanneer ze door de deur loopt, maar ik kan me nog net op tijd inhouden.

Maar morgen heeft ze misschien niet zoveel geluk.

Ik kan verdomme niet wachten om haar in een jurk te zien. Ik weet nu al dat haar verschijning mijn avond goed zal maken.

~

*Corey*

Ik bel mijn nicht Sondra op weg naar buiten, maar ze neemt niet op. Ze is met Nico in Chicago na een knallende ruzie waarvan we allemaal dachten dat het voor altijd voorbij was. Maar Tacone heeft moeite met nee als antwoord. Ik moet zeggen - Nico Tacone mag dan een enge klootzak zijn, maar hij heeft het helemaal te pakken met Sondra.

Toen ze hem vier dagen geleden verliet, flipte hij. Hij dreef me in het nauw, probeerde me te laten vertellen waar ze heen was, zette een man voor mijn huis, vermoedelijk om haar te vinden. Sondra dacht dat hij haar bedroog. Maar ik sprak met iedereen die dicht bij hem stond nadat Sondra wegging en ze vertelden allemaal hetzelfde verhaal. Hij had een door de familie geregeld huwelijkscontract waar hij onderuit probeerde te komen en Sondra is de enige vrouw waar Nico ooit serieus mee is geweest.

Dus toen ik gisteren een sms'je kreeg met een foto van een diamanten ring aan haar linkerhand, wist ik dat ze het bijgelegd hadden.

Ik weet echt niet wat ik ervan moet denken dat Sondra met een bekende gangster trouwt. Ze heeft altijd al een vreselijke smaak gehad wat mannen betreft - niet dat mijn laatste keuze zoveel beter was.

Maar Nico Tacone is het echte werk. Hij is gevaarlijk en machtig. Hij liet mijn ex verdwijnen. Niet dat het me wat uitmaakt. Dean probeerde mijn nichtje te verkrachten.

Maar toch. Gewone mannen hebben niet dat soort macht.

Ik heb geen oordeel over dat misdaadgedoe. Als dochter van een corrupte politieagent, heb ik een scherp gevoel voor misdaad en de wet.

Maar dat is waarom ik niet betrokken wil raken bij iets dat me dicht bij het louche gedeelte van het bedrijf brengt. En de hoge inzet van privéspelletjes zal dat zeker doen.

Ik heb mijn vader al meer dan tien jaar niet gezien. Toen hij mijn moeder verliet voor een hoerige griet in Detroit, haalden we allemaal opgelucht adem. Weet Stefano dat mijn vader bij de FBI werkt? Ergens betwijfel ik dat en als hij erachter komt, kan het snel gevaarlijk worden.

Ik weet eigenlijk niet hoeveel illegale activiteiten er hier plaatsvinden, maar ik denk dat het meer bijkomstig is. Waarom zouden ze wetten overtreden als hun casino miljoenen per jaar binnenhaalt? Toch wil ik er niets van zien. Ik wil nooit in een positie komen waarin ze op mijn loyaliteit moeten vertrouwen of het in vraag moeten stellen.

Verdomme.

Had ik het Stefano moeten vertellen?

En waarom denk ik in hemelsnaam aan hem als Stefano en niet als Mr. Tacone? Hij berispte me omdat ik zijn broer bij zijn voornaam noemde.

Oh, misschien is het al dat oog-neuken dat hij deed. Of de manier waarop hij mijn vingers kuste nadat hij mijn pols had vastgepakt. Een rilling gaat door me heen als ik eraan denk hoe snel hij mijn pols vastgreep en vasthield zonder enige inspanning of woede. Hij leek eerder verveeld. Alsof hij genoot van de gelegenheid om mij zijn superieure kracht te tonen en mij in bedwang te houden.

Het is niet omdat ik hem bij zijn voornaam wil aanspreken.

Dat wil ik zeker niet.

Waarom zou ik dat zelfs maar denken? Zeker na al mijn zorgen om Sondra?

Maar er is iets aan die man waardoor ik mijn knieën samendruk iedere keer als hij knipoogt. En dat is veel te vaak.

Ik rij naar huis, naar mijn kleine appartementje. Voor het eerst sinds Sondra naar het casino verhuisde en Tacone Dean liet verdwijnen, voelt het te klein. Zelfs eenzaam.

Maar ik ben niet op zoek naar gezelschap. Ik wil nog niet aan een andere relatie beginnen.

Natuurlijk zit er ook niemand achter me aan. Stefano lijkt het tegenovergestelde van Nico, de bezitterige en eigenzinnige minnaar van mijn nicht. Hij is zeker een player.

Wat inhoudt dat seks - gewoon één keer om hem uit mijn gedachten te krijgen - misschien een optie is.

## ANDERE BOEKEN VAN RENEE ROSE

**Vegas Underground**

*Koning van de diamanten*

*Maffia Papa*

*Schoppenboer*

*Hartenaas*

*Joker*

*Zijn Klaverenkoningin*

*De hand van de dode man*

*Wild Card*

# OVER RENEE ROSE

**USA TODAY BESTSELLING AUTHOR RENEE ROSE** houdt van een dominante alpha held met vieze praatjes! Ze heeft meer dan twee miljoen exemplaren verkocht van stomende romances met verschillende niveaus van erotiek. Haar boeken zijn verschenen in USA Today's Happily Ever After en Popsugar. Ze is in 2013 uitgeroepen tot Eroticon USA's Next Top Erotic Author, en heeft ook Spunky and Sassy's Favoriete Sci-Fi and Anthology author gewonnen, The Romance Reviews Beste Historische Romance, en heeft meer dan een dozijn keer de USA Today lijst gehaald met haar Chicago Bratva, Bad Boy Alpha en Wolf Ranch series en verschillende anthologieën.

*Renee houdt ervan om met lezers in contact te komen!*
https://www.reneeroseromance.com
reneeroseauthor@gmail.com

Printed in Poland
by Amazon Fulfillment
Poland Sp. z o.o., Wrocław